# Hier encore Saigon

Du même auteur

D'Ivoire et d'opium, Éditions Naaman (Québec), 1985

Conception graphique : Florence Payette

Illustration de la page couverture : Saigon
Cathédrale Notre-Dame
Hôtel Continental
Théâtre municipal

Révision : Lise Lortie

Bach Mai

# Hier encore Saigon

roman

L'Harmattan

© L'Harmattan, 2009
5-7, rue de l'Ecole polytechnique, 75005 Paris

http://www.librairieharmattan.com
diffusion.harmattan@wanadoo.fr
harmattan1@wanadoo.fr

ISBN : 978-2-296-10127-2
EAN : 9782296101272

On est son propre refuge.
Qui d'autre pourrait être le refuge.
Bouddha

À Marc et Benjamin

# 1

J'ai l'impression qu'au cours d'une vie antérieure, j'étais un poisson de mer. Le même rêve se reproduit souvent. Je me vois voguer, voguer comme un petit poisson dans l'infini bleu, légère et libre, délivrée de la pesanteur, déchargée des peines terrestres. Alors, par les mille labyrinthes de ma vie, je retourne immanquablement voir la mer. Comme un petit poisson, je reviens me ressourcer dans mon élément. Pour marcher pieds nus sur le sable chaud, pour contempler ces guirlandes mousseuses venues du large, pour respirer cette odeur d'algues, pour entendre le bruit si apaisant des vagues et pour savourer cette osmose entre le ciel et la mer.

Lorsque je visite une ville côtière, je vais toujours voir la mer. Et, assise sur un rocher, j'imagine que la masse d'eau vient de la mer de Chine méridionale, plus précisément du cap Saint-Jacques, avant-port de Saigon. Douce mer qui berçait mon enfance. Mer de jade qui m'enseignait les nuances de la beauté. Lorsque le soleil y dardait ses rayons, elle se plissait en vagues successives et reproduisait des millions d'écailles d'argent sur le dos du grand dragon dormant dans son lit. Mer indifférente qui effaçait d'un coup de vague les grottes creusées dans le sable par des crabes de mer.

Une légende vietnamienne raconte qu'un pêcheur reçut une perle noire d'un serpent de mer. En posant la perle sous la langue, il fut en mesure de comprendre la conversation des animaux. Le roi entendit parler du pêcheur, le convoqua et lui emprunta sa perle. En la mettant dans la bouche, le roi émerveillé entendit bavarder les poissons qui nageaient autour de la barque royale. Amusé, il pouffa de rire : « Ha, ha, ha… » Malheureusement, le roi laissa tomber la perle noire dans l'eau. L'infortuné pêcheur passa son temps à creuser pour retrouver sa perle et mourut d'épuisement. Il fut transformé en un petit crabe de mer, condamné à rouler du sable jour après jour pour retrouver sa perle rare.

    Quand je suis loin de la mer, quelque chose, plutôt quelqu'un, me manque. Il y a ce souvenir de l'autre côté du monde au port de Saigon, un soir où j'attendais mon père. Le bateau avait finalement accosté, mais je m'étais déjà endormie de fatigue. Mon père m'avait rapporté de son voyage un foulard en soie. Le contact de la soie sur la peau était comme une douce caresse, le genre de caresse que je voulais garder sur moi tout le temps. C'était mon premier contact avec de la soie et depuis, il me fait penser à la tendresse d'un homme trop souvent absent. Il y a en chacun de nous une sensation issue de notre enfance que nous ne pouvons oublier.

    Pourquoi certaines personnes que je rencontre pour la première fois me donnent-elles l'impression que je les ai toujours connues, qu'elles font simplement partie de mon existence ? Pourquoi ces mains s'emboîtent-elles si aisément ? Pourquoi ces corps se retrouvent-ils si naturellement ? Selon le bouddhisme, notre apparition dans la vie fait partie d'une chaîne ininterrompue dans la nuit des temps. Notre corps physique se désagrège dans la mort mais notre expérience de vie forme un continuum de conscience de l'univers. Cette conscience est éternelle. Et nous passons ainsi toute notre vie comme ces crabes de mer à creuser dans le sable à la recherche des parfums d'antan.

## 2

« Nous ferons de belles photos aujourd'hui. La lumière est splendide... », dit-il d'un ton dégagé.

Mon voisin, yeux bleus et mèches châtains sur le front, m'adressa ces paroles en anglais. À la vue de son safari beige à pochettes et de ses deux appareils photo suspendus au cou, je présumai qu'il était photographe. Nous étions assis dans un grand hélicoptère à l'aéroport de Phnom Penh en compagnie d'une dizaine d'autres personnes. Dans le cockpit, le pilote et son copilote vérifiaient leurs instruments pour le départ.

« Je m'appelle Mark Oliver ou Mark O pour les amis, se présenta-t-il. Je suis photographe, enfin, je crois ! ajouta-t-il en souriant.

– Enchantée ! Mon nom est Kim Lê... Appelez-moi tout simplement Kim, dis-je, troublée. Je vous présente mon collègue Bunlong. »

Mark serra la main de Bunlong assis en face de nous dans l'hélicoptère. En effet, j'étais privilégiée de faire partie d'un groupe de photographes, de journalistes et de travailleurs humanitaires invités à visiter le temple d'Angkor Vat en 1994, un an après les élections législatives organisées par les Nations Unies. Le Cambodge venait d'avoir un gouvernement de coalition sous la direction de deux copremiers ministres, le prince Norodom Ranariddh, fils du roi Sihanouk et Hun Sen. Originaire du Cambodge et parlant couramment khmer, mon collègue Bunlong semblait connaître tout le monde à Phnom Penh. La veille, en me mentionnant notre participation à cette visite guidée,

Bunlong avait souligné que le site d'Angkor, jusqu'à tout récemment, servait de base arrière aux Khmers rouges. Cette visite pouvait comporter quelque danger pour nous. Mais voir le temple d'Angkor Vat était mon grand rêve et je préférais ne pas trop penser aux conséquences. La nouvelle administration cambodgienne voulait démontrer au monde entier qu'elle était en train de gagner la guerre contre les Khmers rouges et qu'on pouvait maintenant circuler à l'intérieur d'Angkor. Nous étions les premiers à le faire.

Malgré les rugissements des rotors, je me retrouvai comme dans une bulle silencieuse lorsque mon voisin se pencha vers moi pour m'aider à mettre la double ceinture de sécurité et le casque d'écoute. De très loin, par bribes, parvinrent les instructions du pilote pour le décollage. Mon œil, en un fragment de seconde, tel l'objectif d'une caméra, enregistra cet instant qui submergea ma conscience. Le monde s'arrêta de tourner pendant un court moment. L'instant magique où l'on capte le regard de l'autre et où rien n'est plus pareil.

« Si cela ne vous dérange pas d'avoir un photographe pour vous servir de guide, j'en serais ravi ! dit Mark Oliver. J'adore cet endroit. Cela fait plus de vingt-cinq ans que je couvre l'Asie du Sud-Est. Mon bureau est à Phnom Penh. Avant la période de guerre avec les Khmers rouges, lorsque je n'étais pas en reportage, je venais ici pour me ressourcer. Je suivais les travaux de restauration entrepris par une équipe de l'École française d'Extrême-Orient sur l'enceinte extérieure d'Angkor Vat. Vous verrez, elle a repris ses anciennes couleurs. Avec cette lumière vous pourrez prendre de très belles photos.

– Je suis plutôt amatrice, dis-je. Bunlong et moi travaillons dans une organisation humanitaire qui s'appelle Aide aux enfants. Bunlong est revenu s'installer à Phnom Penh, alors que je suis seulement en visite de travail. Notre siège social se trouve à Montréal.

– L'aide humanitaire aux enfants ? dit-il, pensif. Les enfants de ce pays ont tellement besoin d'aide internationale pour pouvoir se relever un jour et voler de leurs propres ailes. Je le souhaite ardemment. »

Un regard suffit pour que mon univers chavire. Ses yeux me fixèrent, des yeux amusés qui sourirent même avant que les lèvres ne bougent, avant qu'aucun mot ne soit échangé. Un regard qui venait chercher au fond de moi, en l'espace d'un éclair, tout un monde de tendresse, une flamme intérieure cachée, enfouie, oubliée. Oui, tout cela fut très court, le temps d'un léger battement de paupières. Et quelque chose en moi trembla et je me sentis toute faible. Et sans que je ne puisse comprendre ce qui se passait, une grosse vague toute bleue me renversa et me secoua comme une brindille, puis me lâcha au milieu d'un creux. Un vertige nouveau me submergea pendant que j'essayais de me maintenir à la surface. Au fond de mon cœur, je me dis à moi-même : « Tout est encore possible ! »

Lorsque je compris cela, mon cœur se mit à battre plus fort. Est-ce que je l'avais déjà connu ailleurs dans une autre vie ? Pourquoi avais-je éprouvé cette sensation, ce coup au cœur ? Pourquoi avais-je senti ce regard comme un souffle sur la peau, comme une douce caresse furtive de la soie ? Malgré la présence d'autres passagers, je ne vis que lui, à contre-jour du hublot, je ne vis que la ligne de son cou et la courbe de ses épaules, je ne remarquai que ses mains aux ongles carrés posés sur ses genoux, je n'entendis que sa voix au timbre bas et je ne retins que l'intensité de son regard. J'avais tout de suite compris que quelque chose allait se passer. Inconsciemment, je redoutais ce que je savais inévitable. Cela s'était passé dans le silence. Trouver l'autre, c'était le reconnaître du coin de l'œil, tous les sens aiguisés. Me sentir bien dans son espace, vouloir que l'instant passé en sa compagnie s'éternise. Je ne me souvenais pas de grand-chose des derniers préparatifs de décollage, sauf de cette immense émotion que je ressentais pour cet homme, aussi intense et aussi douloureuse que la longue attente qui s'ensuivit.

Mais voilà que la corde invisible qui retenait l'hélicoptère tel un cerf-volant se brisa. Comme une énorme libellule aux yeux globuleux, l'appareil vibra, s'arracha du sol, tournoya sur place et monta rapidement. Je m'accrochai à mon siège, prise d'un vertige intérieur. Défilèrent sous mes yeux Phnom Penh, ses larges boulevards, ses palais royaux et ses temples dorés. Et puis, très vite, apparut un réseau de rivières, de marais et de rizières inondées, miroirs entrecoupés de touffes de palmiers à sucre. Je contemplais le bleu opaque des cours d'eau et le vert tendre du paddy qui se mariaient avec le brun ocre de la boue. La campagne cambodgienne ressemblait à une mosaïque de vert aux mille éclats : vert sombre des feuillus, vert clair des bambous, vert argenté des eucalyptus.

La chaîne des Éléphants se rapprochait sur la gauche. Ses cimes brunes et bosselées avaient l'apparence d'un troupeau d'éléphants en marche. Elle cédait peu à peu la place à la montagne des Cardamomes. Soudain, un choc nous secoua. L'hélicoptère fit une brusque embardée, les moteurs frémissants. Mon cœur bondit. Bunlong, en face de moi, tressaillit. Douze paires d'yeux de passagers inquiets, comme une seule personne, scrutèrent par le hublot le ciel bleu sans nuage, puis la forêt dense en bas, cherchant une cause, une raison, une réponse. Étions-nous touchés par un tir ? L'administration cambodgienne avait opté pour l'hélicoptère au lieu de la route pour nous éviter de nous retrouver face aux Khmers *kraham*, Khmers « rouges ». Ceux-ci avaient l'habitude de traverser la route nationale pour rejoindre leurs bases au-delà des Cardamomes vers la frontière thaïlandaise. Avions-nous un problème mécanique ? L'hélicoptère avait-il heurté quelque chose ? Le chef ingénieur, assis près de la porte de secours, se redressa et cria quelque chose en khmer dans son micro, communiquant avec le pilote dans le cockpit, dans une langue saccadée que je ne comprenais pas.

Je regardai Bunlong qui tendit l'oreille. Mark Oliver se pencha vers moi et posa sa main sur la mienne, puis, d'un geste apaisant, me demanda si tout allait bien, comme pour signifier qu'il n'y avait rien à craindre. En effet, l'appareil zigzagua un peu, mais continua sa course au-dessus de la forêt tropicale. Le chef ingénieur se recala confortablement dans son siège. Relâche pour les douze paires d'yeux et grands soupirs de soulagement. Bunlong me fit un petit signe de la tête. Les palpitations de mon cœur, tels des papillons, s'éparpillèrent vite ailleurs. La forêt clairsemée çà et là de taches rouges des pagodes et dorées des stupas, monuments funéraires, indiquait que nous nous approchions de Siem Reap et que nous allions atterrir bientôt.

« Tout ceci me fait penser à Saigon, dit Mark. Vous êtes Saigonnaise, n'est-ce pas ? J'étais dans un hélicoptère au centre-ville de Saigon lors de l'offensive du Nouvel An en 1968 lorsqu'une balle toucha la queue de l'appareil. Heureusement, nous avions pu atterrir sans dégât. »

Je pensais moi aussi à Saigon. Le bruit des rotors qui résonnait dans ma tête, me rappelait douloureusement ma ville natale. Des hélicoptères survolaient jadis Saigon à toute heure du jour et le bruit de leurs battements d'ailes faisait partie de ma vie quotidienne comme les voix de vendeurs de journaux et de marchands de soupe. De gros *Chinook* pressés transportaient de l'artillerie lourde vers des fronts de guerre. Des hélicoptères d'assaut *Huey Cobra* aux dents ciselées de requins, lourdement armés de mitrailleuses et de lance-roquettes, participaient aux missions d'appui-feu rapproché. Des *Huey Iroquois* aux ventres rebondis amenaient de jeunes soldats sur les champs de bataille et repartaient avec des corps enveloppés de sacs en plastique noirs. Tous ces pleurs silencieux de mères et d'épouses de soldats tombés au combat, je les entendrai toute ma vie, malgré les hurlements des réacteurs, malgré les sifflements du vent. Ces images qui s'incrustaient dans l'esprit et dans le cœur, marquaient et blessaient.

« Excusez-moi, je ne dois pas parler d'accident d'hélicoptère ici ! s'écria Mark. Ne craignez rien, nous allons bientôt atterrir à Siem Reap », ajouta-t-il.

Non, ne pas penser à ça maintenant. Vite chercher une image plus apaisante, plus réconfortante. Aller vers la mer, là-bas, loin, loin. Au-delà du Mékong sinueux comme un dragon, il y avait la mer bleue qui apaisait et qui consolait. Il y avait quelque chose d'éternel dans le bleu de la mer. J'imaginais qu'à son rivage s'arrêtait la souffrance. La mer de Chine méridionale, à cette heure, devait avoir le même scintillement que je voyais sur le lac Tonlé Sap en bas. La mer m'apportait la plus grande énergie et la plus douce tendresse. La mer bleue se trouvait dans les yeux de l'homme que je venais de rencontrer. C'était pour y voguer, c'était pour aimer. Là, il n'y avait pas de place pour la souffrance.

## 3

À chaque fois que j'entendais quelqu'un prononcer par hasard le mot Saigon, cela me faisait un coup au cœur. Saigon, ma ville natale, n'a cessé de me hanter pendant plus de vingt ans. Combien de nuits, combien de fois grâce à la magie du rêve, m'étais-je laissée transporter dans ma ville ? Même en rêve ma mémoire était sélective et je ne retenais que le souvenir des jours heureux. Combien de nuits, emboîtant les pas d'une petite fille qui avait grandi trop vite, ai-je flâné dans les rues de mon quartier, en essayant de revivre le petit bonheur insouciant d'une trop brève période de paix ? Non, ce n'était pas un royaume qui me manquait, c'était simplement une ville très loin en Extrême-Orient, un petit point rouge sur une carte, dans le sud d'un mince pays bordé par la mer de Chine méridionale, le Viêt-Nam en forme de dragon serpentant comme un « S ». Un « S » comme une ville qui, autrefois, se nommait Saigon.

D'où venait le nom de Saigon ? Jadis, c'était un petit village de pêcheurs appartenant au royaume khmer, le Cambodge actuel. Ce village s'appelait Prey Nokor ou la Ville de la Forêt. Il était délimité à l'est par une rivière, long serpentin aux eaux boueuses connecté à un réseau d'arroyos. La rivière de Saigon n'était pas très large, mais assez profonde pour permettre le passage de nouveaux migrants. Au loin, Prey Nokor émergeait derrière des étendues de marécages. Des maisons en bois au toit de lataniers semblaient pousser sur l'eau. Il fallait se réapproprier les émotions de ces hommes et de ces femmes qui descendaient du nord pour s'établir sur cette terre. Le soleil y était si ardent qu'il fallait plisser les yeux pour voir clair. L'horizon y était fin et plat comme une galette de riz. De l'eau, de l'eau, partout. Il y avait plein d'eau et presque pas d'arbres pour s'y accrocher les yeux, si ce n'était de temps à autre quelques aréquiers aux palmes en éventail.

Les Vietnamiens pensaient à leur pays comme au *Dât-Nuoc* Viêt-Nam, « Terre et Eau » Viêt-Nam. C'était aussi l'histoire d'une civilisation de la terre et de l'eau qui façonnait ses habitants, des hommes aux gestes arrondis et des femmes aux manières fluides, alliage de la montagne et de la mer. Qui étaient-ils ces hommes et ces femmes, si proches et pourtant si lointains ? Certains racontaient la montagne protectrice, alors que d'autres parlaient de la mer nourricière. Sans doute se connaissaient-ils déjà entre eux depuis des millénaires. Vivement de l'air, de l'espace et du temps puisqu'il en fallait pour comprendre ce pays. Légendes, histoires et traditions se mêlaient pour raconter un passé hors de l'ordinaire.

Nous étions tous des *con rông, cháu tiên*. Les Vietnamiens étaient des « enfants de dragon et des neveux de fée ». Malgré les malheurs, il nous restait encore des rêves et le droit de nous raconter des histoires. Alors, il était une fois... Le roi Lac-Long de la lignée des dragons, se maria avec une fée, Âu-Co, fille de génies de la montagne. De cette union naquirent cent garçons. En raison de leurs origines différentes, le roi et la fée comprenaient que leur bonheur ne pouvait durer indéfiniment. Ils décidèrent alors de se séparer. La fée partit avec ses cinquante garçons vers la montagne alors que le roi conduisit les cinquante autres vers les rivages de la mer. Cette séparation permit la création et la dissémination de cent tribus Viêt. Le roi Lac-Long, l'ancêtre des Viêt, fonda ainsi un pays le long de la mer de Chine méridionale.

Les Viêt descendirent peu à peu dans le sud. Au XVII$^e$ siècle, les souverains Nguyên obtinrent le village de Prey Nokor du royaume cambodgien. Ils le rebaptisèrent *Sài-gòn*. Il y a quelques interprétations au sujet du nom de *Sài-gòn*, mais selon la version la plus fréquente, ce nom vient de *Sài*, qui veut dire forêt et *gòn*, coton. Le coton vient d'un arbre, le kapokier qui produit une espèce de coton léger appelé kapok. *Sài-gòn* signifie littéralement « Forêt de Kapokiers ». D'anciens textes vietnamiens notaient la présence d'une forteresse où poussait en abondance cette espèce. Le kapokier, portant le nom latin *ceiba pentandra,* est un arbre géant au tronc rectiligne, lisse et vert, qui peut atteindre vingt mètres de hauteur. Ses branches sont étalées et ses grandes feuilles sont palmées vert brillant. Il y avait beaucoup de kapokiers à Saigon et sur la route vers le delta du Mékong.

Lorsque les Français conquirent *Sài-gòn* en 1859, ils francisèrent son nom en Saigon, enlevant le trait d'union et les deux accents graves. Empruntant le style somptueux du baron Haussmann, les architectes français tracèrent au centre-ville de grandes avenues rectilignes plantées de tamariniers. Ignorant la fugacité des empires et la mortalité des hommes, les bâtisseurs coloniaux ont misé sur la grandeur et la pérennité des monuments : le Palais du Gouverneur, l'Hôtel de Ville, l'Hôtel des Postes, le Palais de Justice, la Cathédrale Notre-Dame, le Théâtre municipal, les Grands Magasins Charner et bien d'autres. Au port de Saigon, à la pointe des Blagueurs, face au bâtiment des Messageries Maritimes au loin, des voyageurs de l'époque s'asseyaient à la terrasse d'un café et contemplaient le spectacle des barques et des sampans virevoltant sur l'eau. Promue « Perle de l'Extrême-Orient », Saigon évoquait l'exotisme et le rêve.

## 4

L'hélicoptère atterrit aisément à Siem Reap et nous sortîmes promptement de l'appareil. Le court trajet jusqu'au temple d'Angkor Vat se fit en convois militaires, protégés par des soldats cambodgiens armés jusqu'aux dents. Je m'efforçai de concentrer mon regard sur les rizières en bordure de la route et sur les buffles pataugeant nonchalamment dans des mares couvertes de nénuphars. Il se dégageait de Mark Oliver une assurance tranquille qui m'enveloppait et me sécurisait. Il me regardait avec un étonnement attentif. Instinctivement, je me détournais de son regard et de son sourire. Je sentais le destin qui rôdait autour de moi, silencieux comme un fauve. Attention, danger ! Je fouillai fébrilement dans mon sac à main et préparai mon appareil photo.

De loin, derrière un rideau de forêt, émergea superbement dans ses habits de pierres, le temple d'Angkor Vat dédié au dieu Vishnu. Édifié en capitale des rois khmers du $IX^e$ au $XIV^e$ siècle, Angkor Vat était censé être au centre du monde d'après la cosmologie hindouiste. De ce centre de l'univers, le majestueux massif de cinq tours jaillissait, impressionnant, jusqu'au ciel. Ce temple représentait le point de rencontre entre le Ciel et la Terre, où se trouvait le mont Mérou, montagne sacrée où vivaient les dieux. Les galeries, les tours et les enceintes d'Angkor Vat s'imbriquaient les unes dans les autres en un agencement savant. Ce sanctuaire de marbre, de pierres et de grès était un miracle sorti des mains de l'homme. Mais, menacés par les invasions constantes des voisins siamois, les rois khmers abandonnèrent Angkor Vat au XV$^e$ siècle. Angkor demeura pendant quelques décennies un centre de pèlerinage bouddhique, mais le royaume s'appauvrit et tomba dans l'oubli. Il fut vite recouvert par une dense jungle tropicale.

« Des experts français sont en train de restaurer le temple de Baphûon ainsi que d'autres monuments incluant l'immense Bouddha couché, expliqua Mark. Ils ont effectué un travail extraordinaire au cours des années. Une vraie expertise s'impose car Angkor Vat est unique ! »

La chaleur du jour pénétrait dans les fissures des monuments et les réanimait. Les vieilles pierres brillaient de tous leurs éclats. Le temple d'Angkor Vat se trouvait là comme par magie pour que les yeux de simples mortels se tournent vers ses tours et que leurs pensées se dirigent vers le ciel. D'en haut, les dieux devaient contempler avec satisfaction ces magnifiques temples-montagnes dédiés à leur gloire et à leur puissance. Ils devaient entendre en ce moment des prières et des offrandes portées jusqu'à eux par la douce brise. Le sanctuaire des dieux était séparé du monde des humains par un plan d'eau rectangulaire couvert de nymphéas blancs et de jacinthes violettes. Nous traversâmes une interminable allée gardée par des lions et des génies géants. Au cours des siècles, ces pierres silencieuses témoignaient de l'histoire du Cambodge. Et j'étais bien curieuse de les entendre.

« Laissons le groupe passer devant, souffla Mark. Suivez-moi pas à pas. Soyons prudents ! C'est important de marcher seulement sur les dalles de pierres. On a commencé à déminer dans les temples, mais les environs du site d'Angkor sont encore truffés de mines antichars, antipersonnel et de toutes sortes d'engins non explosés. »

Mon « guide » personnel m'indiqua le chemin dans le clair-obscur des galeries où planait un parfait silence. Je lui emboîtai le pas avec précision. Les cigales se turent d'un coup à notre approche. Il me guida à travers des couloirs obstrués et des voûtes écroulées, au milieu d'amas d'éboulis et de végétation. De temps à autre, il écartait un gros lézard, surpris par notre intrusion dans sa demeure royale. En entrant dans la cour d'un temple, nous pénétrâmes dans un monde végétal. Il y avait comme une âpre lutte à bras-le-corps entre la pierre et la jungle et c'était la nature vivante qui avait gagné sur la pierre séculaire. Les galeries, les murs de pierre et les colonnes avaient cédé sous le poids du temps. Gisaient par-ci par-là des morceaux de bustes de nymphes, de divinités sans tête, de pans de mur écrasés. Entre les ruines, la lumière était voilée par des écrans de lianes grimpantes. Des ouvertures étaient bouchées par des fougères et de la mousse humide.

Tout ici était à la mesure des dieux. D'immenses figuiers couvraient de leurs racines titanesques les sommets des monuments. Semblables à des pieuvres géantes, elles buvaient l'humidité des pierres de leurs énormes tentacules. À certains endroits, comme rongés par le remords, leurs empattements soutenaient les arches du temple et les préservaient de la dislocation. Ainsi s'enchevêtraient la vie et la mort comme dans la plus belle croyance du bouddhisme. Mark décrivit la grandeur du royaume khmer et louangea l'ingéniosité du peuple qui avait construit le site d'Angkor.

« Ces pierres que vous voyez venaient des montagnes avoisinantes. Elles étaient transportées sur des radeaux de bambou sur des cours d'eau. Utilisant des éléphants, des hommes assemblaient des blocs de pierre pesant plusieurs tonnes pour en faire des tours et des colonnes. Angkor Vat d'ailleurs possédait un réseau hydraulique de grands réservoirs ou de lacs artificiels. C'était un système d'irrigation extrêmement ingénieux, une véritable prouesse technologique pour l'époque. Grâce à un ensemble de canaux savamment conçus, on pouvait acheminer l'eau vers les rizières et irriguer les cultures de riz en saison sèche. La production de riz était suffisante pour nourrir la population de la cité.

— Le riz est d'une telle importance dans la culture de l'Asie que manger en khmer se dit *niam bai* ou manger du riz, dis-je. En vietnamien, *an com* veut dire la même chose.

— Oui, la cuisine qui est souvent une annexe à l'extérieur de la maison se dit en khmer *pteah bai* ou la maison du riz, ajouta-t-il. À la saison des pluies, de mai à octobre, l'eau du puissant Mékong monte à contre-courant le Tonlé Sap qui reflue vers le grand lac dans le sens contraire au lieu de couler vers la mer. C'est un phénomène naturel étonnant. Le lac triple de volume et son niveau d'eau monte à plus d'une dizaine de mètres et inonde une immense surface. De petits poissons arrivent avec le fleuve et se répandent dans des rizières et des forêts inondées. Imaginez, c'est un riche bouillon où les poissons n'ont qu'à ouvrir la bouche pour se nourrir. Cette montée de l'eau concorde avec leur période de frai. À la fin des crues, les rizières et le grand lac sont gorgés de millions de poissons. Après une cérémonie célébrée par le grand prêtre du royaume, la pêche miraculeuse peut commencer. Ce rituel se répète encore aujourd'hui. »

J'écoutais Mark et je voyais ces pierres moussues se revêtir de leurs couleurs originales, beige et rose, majestueuses dans leur splendeur d'antan. Je voyais ce réseau de canaux et de lacs se remplir d'eau avec, en arrière-fond, de jeunes pousses de riz vert tendre dans les rizières. Il me montra d'un grand geste les splendides tours vouées au culte des dieux et m'expliqua :

« Chaque fois que je passe par ici, j'imagine le roi bâtisseur du temple d'Angkor Vat, dans sa robe de brocart brodé de fils d'or. Il porte l'épée sacrée du royaume, l'épée qui fait de lui l'intermédiaire entre les hommes et les dieux. Il est entouré de ministres, de notables, d'ambassadeurs et de sa cour. Il assiste au spectacle féerique des danseuses du Ballet royal. »

À Angkor Vat, de bas-reliefs ceinturaient les quatre murs du temple principal. Certains relataient un monde enchanteur dans lequel les hommes ayant atteint le repos de l'âme menaient une vie sereine loin de toute peine et souffrance auprès de belles Apsaras, danseuses célestes. Ces Apsaras pleines de beauté et de grâce furent reproduites à l'infini sur les murs du temple d'Angkor Vat. D'autres bas-reliefs décrivaient un monde troublé par la guerre, la famine et la mort, des combats à chevaux et des batailles navales entre les Khmers et leurs voisins envahisseurs, des Siamois et des Chams. Des hommes squelettiques étaient enchaînés, battus par des soldats, mordus par des chiens, torturés par des démons de la nuit. Les Cambodgiens touchaient ces sculptures en priant pour conjurer le mauvais sort. Je me demandais si le roi bâtisseur n'avait pas déjà prédit dans ces bas-reliefs la destinée à la fois grandiose et tragique de son royaume. Le peuple khmer avait toujours survécu aux invasions et aux massacres au cours des siècles.

# 5

Nous arrivâmes au complexe d'Angkor Thom, au centre duquel se trouvait le Bayon, un temple bouddhique constitué d'immenses tours-visages aux sourires mystérieux et dont les regards mi-clos se tournaient vers les quatre directions de la terre. Les tours-visages étaient construites de telle façon qu'il y avait à chaque instant de la journée un jeu de lumière extraordinaire. Si le premier visage était éclairé entièrement, le deuxième était à moitié dans l'ombre, le troisième pleinement dans l'ombre et le quatrième à moitié dans la lumière.

Nous étions en pleine admiration devant ce spectacle à couper le souffle lorsque nous entendîmes un brouhaha. Une foule de gens arriva sur la terrasse où nous nous trouvions. Il devait s'agir d'une délégation officielle puisque plusieurs photographes et caméramans précédèrent un Cambodgien bien entouré. Celui-ci s'écarta du groupe et se dirigea tout droit vers Mark Oliver d'un pas alerte, la main tendue. J'étais sidérée. Cet homme ressemblait au roi Sihanouk, et même s'il était plus jeune, il avait la même démarche et les mêmes gestes. C'était en effet un prince de la famille royale.

« Monsieur Mark Oliver ! Je vois que vous admirez notre chef-d'œuvre ! dit le prince en français.

– Prince, c'est toujours un plaisir pour moi d'être ici ! » répondit Mark.

Le prince donna la main à Mark et me salua gracieusement. Quelques gardiens du temple, qui se trouvaient sur la terrasse, faillirent avoir une syncope à sa vue. Ils se jetèrent à terre et se prosternèrent au pied du prince qui les releva avec gentillesse. Le chef du protocole et ses gardes rapprochés furent aussi surpris que nous. Ils nous regardèrent, se consultèrent et vérifièrent le programme du prince pour voir si la rencontre avec ces deux « étrangers » faisait partie de la visite. Je présumai que le programme du prince était réglé à la minute près et qu'il n'y avait pas de place pour de l'improvisation. Lorsque le chef du protocole constata que le prince connaissait Mark Oliver et l'appelait par son nom, il fut soulagé. L'épouse du prince, très belle, vint le rejoindre avec sa dame de compagnie. Le prince, apparemment heureux de trouver un nouvel auditoire en nos humbles personnes, continua sur sa lancée.

« Mon père, le roi Sihanouk, est l'ardent défenseur de ces temples historiques, dit-il. Le temple d'Angkor Vat représente la richesse culturelle du peuple khmer. À propos, mon père admire toujours le superbe livre de photos sur Angkor Vat que vous avez réalisé.

– Je suis honoré, Prince ! Les travaux de restauration sur l'enceinte extérieure d'Angkor Vat sont admirables ! s'exclama Mark.

– N'est-ce pas ? renchérit le prince. Je suis très content des progrès sur la façade d'Angkor Vat. La France est toujours fidèle au rendez-vous. Prochainement, le Japon coopérera avec nous pour entreprendre d'autres grands chantiers de restauration. Venez, venez, il me fait plaisir de vous montrer Angkor Thom… »

Le prince tourna les talons et marcha d'un pas vif, suivi aussitôt par des photographes et des caméramans qui se pressaient pour être à son niveau. Les invités du prince lui emboîtèrent le pas pour ne pas perdre aucune de ses précieuses paroles. Mark me retint par le bras afin de laisser passer la suite princière. Mais la dame de compagnie retourna nous voir avec un message du prince.

« Le prince désire que vous vous joigniez à notre groupe. Il aimerait vous raconter la suite d'Angkor... »

Nous suivîmes le groupe. Je devinais qu'il plaisait au prince de raconter l'histoire du site d'Angkor à Mark Oliver, un photographe amoureux du Cambodge – d'abord, parce qu'Angkor était un sujet passionnant, ensuite, parce que c'était une grande victoire contre les Khmers rouges puisque nous étions sur les lieux mêmes de leurs anciens retranchements. Le prince semblait attendre notre arrivée avant de reprendre son récit. Il se plaça devant le profil d'une tour-visage et montra son propre profil pour que des photographes, incluant Mark Oliver, puissent prendre des photos.

« Les profils de ces dieux d'Angkor Thom furent inspirés de ceux de mes ancêtres. Si vous regardez bien, il y a un profil qui me ressemble », dit-il en riant.

L'auditoire s'esclaffa et applaudit. Justement, le profil géant du dieu en pierre ressemblait comme une goutte d'eau à celui du prince. C'était tout à fait étonnant. Le prince entraîna sa suite vers un autre temple-pagode et continua de raconter l'histoire des dieux khmers. Mark et moi profitâmes de cet instant pour prendre congé de la délégation. Nous entrâmes dans une pagode pour allumer des baguettes d'encens devant une rare statue intacte du dieu Vishnu à huit bras et drapé de tissu orange. Un silence total nous entourait. Mark me guida sous une voûte vers un angle de mur. Là, il me dit de frapper ma poitrine avec mes mains pour faire sortir toutes les peines de mon corps. Selon la tradition khmère, l'écho répercuté par le plafond porterait notre souffrance et la diluerait dans l'univers. Il fallait oublier que ce pays était ravagé par plus de vingt ans de guerre, oublier deux millions de morts, victimes des Khmers rouges, et une génération de Cambodgiens meurtris dans leur chair et dans leur âme. Oublier qu'il y avait encore des millions de mines terrestres qui continuaient de tuer.

« Comment vous décrire l'âme du Cambodge ? dit Mark. C'est la rizière bordée de cocotiers, c'est le son des gongs provenant des pagodes, c'est le monastère avec ses moines, c'est le sourire des enfants qui vous saluent par un *Sua Sdei* les mains jointes au front, c'est le lac couvert de lotus, la fleur du Bouddha. C'est la terre du *Nak Ta*, les génies de la terre et des eaux. C'est le pacte sacré entre les dieux et les hommes, comme entre la terre et l'eau. L'eau est un élément fondamental de la vie khmère. C'est l'équilibre de ce pacte qui maintenait la grandeur du royaume. Si cet équilibre se rompait, le pays connaîtrait les grandes misères et les pires massacres. C'est peut-être tout cela, l'âme du Cambodge ! »

Comment faire pour être naturelle alors que la présence de Mark était pour moi une obsession ? Comment admirer la beauté de ces temples sans constamment penser à lui. Je me surprenais à crier silencieusement mon émotion au temple-montagne pour qu'elle soit inscrite sur chacune de ces tours. Je prenais pour témoins ces masques géants des dieux aux yeux mi-clos et au demi-sourire bienveillant, ces dieux si sûrs de leur savoir et de leur puissance. J'accepterais les pires privations pourvu que Mark soit à mes côtés. Je savais que je penserais à lui, dorénavant, lorsque je songerais à Angkor. Je sentais en lui un attachement profond à cette terre. Je percevais en lui comme chez les gens du pays cette blessure profonde. Ce photographe, à peine connu, m'apparaissait sans masque, avec sa part de fragilité. J'avais soudain envie de le consoler comme on consolerait un enfant mais je ne trouvais pas les mots pour le dire.

Je jetai un dernier coup d'œil sur Angkor Thom où se réfléchissaient les rayons d'or du soleil. Le bruit de nos pas résonnait en écho à l'infini sur les dalles, puis le silence reprenait son droit sur ces monuments magiques. Mark se retourna à ce moment précis, rencontra mon regard, jaugea le sens de ce regard et me sourit.

« Feriez-vous un court séjour ici au milieu de ces temples ? Lorsque la paix reviendra, j'aimerais revenir ici et y rester pendant des jours et des jours pour admirer ce chef-d'œuvre destiné aux dieux, dit-il comme en se parlant à lui-même. Aucune lumière ne me paraît aussi belle que celle qui éclaire ces lieux. Lorsqu'on est ici, on a l'impression qu'on n'est pas loin du premier souffle de la vie, de la naissance du jour, peut-être de la pure beauté. Venez, sortons d'ici et rejoignons le groupe avant le coucher du soleil ! »

# 6

Chacun d'entre nous a une période heureuse dans l'enfance et nous nous y accrochons, même en rêve. Je ne cessais de rêver à ma maison à Saigon. C'était souvent le même rêve, mais l'action se passait dans un pays ou un décor différent. J'étais en autobus dans un pays méditerranéen et soudain, je voyais une maison aux murs jaune ocre parmi des bâtiments modernes. Avant de me rendre compte qu'il s'agissait de ma maison d'enfance, l'autobus s'éloignait à toute vitesse. Je descendais de l'autobus, faisais demi-tour et cherchais ma maison, mais elle n'y était plus. Ou je rêvais à des scènes de vie très actuelles dans lesquelles j'étais une personne adulte, mais ces scènes se passaient dans ma maison d'enfance.

C'était un pavillon colonial aux murs délavés par la mousson que ma mère faisait repeindre d'année en année d'une même couleur jaune ocre. Sur la clôture en fer forgé se penchaient des lauriers roses et des frangipaniers odorants. À la porte d'entrée se dressaient deux aréquiers comme des sentinelles au garde-à-vous. Une véranda protégeait l'intérieur de la chaleur tropicale. Le salon logeait un canapé en cuir brun sur lequel mes chats siamois adoraient aiguiser leurs griffes, une table à manger en teck et une armoire où mon père rangeait ses livres, un Petit Larousse illustré, une pile de Paris Match et de vieux journaux. Une petite cour séparait la maison de la cuisine et des chambres d'enfants. Au fond du jardin, un cerisier étalait ses branches couvertes de petits fruits rouges chaque été. Je grimpais sur une branche et la tête en bas, gobais des cerises, les subtilisant aux oiseaux. De temps à autre, apparaissaient devant la porte d'entrée d'autres étranges oiseaux à la barbe hirsute : des missionnaires français, vêtus de longues robes brunes et portant une grande croix en bois, vociférant des prières pour sauver les âmes de ce peuple païen aux mœurs relâchées.

Ma maison à Saigon était située au 212, rue Richaud, nom donné en l'honneur du deuxième gouverneur général de l'Indochine, Étienne Guillaume Antoine Richaud. Le métier de gouverneur général n'était pas sans danger. Celui-ci avait gouverné l'Indochine seulement un an, d'avril 1888 à mai 1889. Rappelé en métropole, il embarqua sur le Calédonien et succomba à une attaque de choléra lors de la traversée du golfe du Bengale. La rue Richaud fut l'une des quatre rues délimitant le « Plateau » de Saigon où se trouvaient des bâtiments publics et le centre de l'administration.

Ma mère me répétait des centaines de fois : « Si jamais tu te perds, appelle un cyclo-pousse et dis-lui que tu habites au 212 rue Richaud. On va t'y conduire. Notre téléphone est le 22-262, apprends-le par cœur. » Bien des décennies plus tard, après une multitude de déménagements, alors que j'oubliais la plupart du temps les adresses et les numéros de téléphone de mes anciens logements, étonnamment une seule adresse et un seul numéro de téléphone survivaient dans ma mémoire : 212, rue Richaud, Saigon. Téléphone : 22-262. Pendant toutes ces années d'exil loin de Saigon, j'enviais les gens qui pouvaient revenir visiter leur maison d'enfance et leur quartier comme en pèlerinage.

Il y avait bien des nuits où, faisant un effort jusqu'à la dernière minute pour ne pas dormir, je repassais dans ma tête toutes les maisons de mon quartier. Je reconnaissais chaque façade et chaque arbre de mon coin de rue. Telle maison possédait un carambolier aux fruits étoilés, telle autre un flamboyant aux fleurs de feu. Je pouvais encore, en fermant les yeux, me rappeler de tous mes voisins. Celui de droite était un entomologiste français, souvent absent, car il travaillait sur les hauts plateaux du centre. Qu'est-ce que c'était un entomologiste de toute façon ? Mon voisin de gauche, un juge vietnamien formé à Paris, un homme respectable qui vivait avec sa femme et son petit garçon un peu plus âgé que moi. Monsieur le juge jouait parfois du violon le soir. Sa femme, d'un certain âge, était un vrai dragon. Je fus très étonnée en apercevant, une fois, le vénérable juge entrer dans une villa luxueuse non loin de mon lycée, accueilli par une épouse française et des enfants aux cheveux clairs. Ainsi donc, la maison du juge à côté de la mienne était son second foyer. Mais à mon âge, l'histoire des grandes personnes et de leur double romance me semblait normale.

# 7

Mark Oliver pouvait passer des heures à parler du Cambodge, son pays d'adoption. Spirituellement, il s'était converti au bouddhisme. Si existait l'incarnation à laquelle il croyait, il aimerait être un moine cambodgien. Né à Sidney en Australie, Mark a étudié dans un pensionnat à Londres. Il n'a pas gardé de bons souvenirs. Loin de sa famille, la vie y était trop grise et trop austère. Son père était professeur d'anglais dans une école de brousse en Australie. Sa mère, qui avait le mal du pays, appelait toujours l'Angleterre, *home*, « chez nous ». De ses parents, il n'en parlait pas beaucoup. Juste quelques mots retenus pour dire qu'ils avaient péri dans un accident d'avion peu avant la fin de ses études. Je ne pouvais comprendre mon attachement pour ce photographe avec lequel je me sentais si proche. Et pourtant, tout nous séparait. La langue, la culture, la distance et sans doute une certaine manière de voir les choses de la vie. Il me parlait de l'Asie comme d'une femme et je me surprenais à envier cette femme nommée « Asie ».

« Voyez-vous, moi aussi, comme vous, je suis asiatique ! dit-il en souriant. Après mes études, j'ai élu domicile à Phnom Penh. J'ai vécu toute ma vie d'adulte en Asie. Ah l'Asie ! Je l'ai dans ma peau. Lorsque je voyage dans un autre continent, elle me manque déjà au bout d'une heure. Chaque fois que j'atterris à Hong Kong, cette porte d'entrée vers l'Asie du Sud-Est, je trouve formidable de respirer cet air chaud et humide, de me plonger dans la foule et d'entendre toutes les voix de l'Asie surpeuplée.

L'Asie est comme une personne pour moi. Elle a une âme. À vrai dire, je ne pourrais plus jamais vivre ailleurs.

— Pourquoi avez-vous choisi Phnom Penh ?

— En fait, j'aurais aimé vivre dans toutes ces villes asiatiques aux noms de rêve : Hong Kong ou le Port des Parfums, Bangkok ou la Cité des Anges, Singapour ou la Ville du Lion. J'aurais aimé aussi demeurer à Saigon ou la Forêt de Kapokiers. Mais c'est plutôt Phnom Penh ou la Colline de Dame Penh qui m'a choisi. En fait, je n'avais pas grand choix car, après mes études, je voulais voler de mes propres ailes. Il fallait trouver du travail rapidement ! Heureusement, grâce à l'effort du roi Sihanouk pour créer une industrie cinématographique purement khmère, j'ai trouvé mon premier boulot dans un laboratoire de films et de photos. J'y apprenais les rudiments de mon métier de photographe et un peu de français pratique. C'est quand même extraordinaire de voir des personnes et des paysages apparaître et prendre forme dans un mélange chimique.

— Vous aimez une ville car vous aimez les gens qui y habitent, dis-je.

— C'est vrai. J'aime les Cambodgiens pour leur gentillesse et leur douceur. Je me sens bien avec ces gens qui sont comme de grands enfants doués d'émerveillement, des gens simples pourvus d'une joie de vivre, comme l'avait si bien dit le roi Sihanouk. Phnom Penh est une ville merveilleuse. La vie y est simple et tranquille. J'aime ce pays car on y prend le temps de vivre et on y vénère des bonzes.

— Ne croyez-vous pas qu'il y avait bien des destinées croisées dans cette partie de l'Asie du Sud-Est : celles de deux pays, le Sud Viêt-Nam et le Cambodge, celles de deux villes, Saigon et Phnom Penh, et celles de deux souverains : l'empereur vietnamien Bao Dai et le roi cambodgien Sihanouk ? demandai-je.

– Bien sûr, il y a des similitudes entre le destin de Phnom Penh et de Saigon, reconnut Mark. En fait, c'est le destin commun de deux villes sœurs d'un très ancien royaume. Quand quelque chose arrivait à Phnom Penh, il y avait une conséquence immédiate sur Saigon et vice-versa. Le coup de force du 9 mars 1945 du Japon entraîna le commencement de la fin de l'Indochine française. Alors que les Japonais proclamèrent l'indépendance du Viêt-Nam avec l'empereur Bao Dai à sa tête, ils firent de même pour le Cambodge. L'empereur Bao Dai et le roi Sihanouk en profitèrent pour dénoncer le traité qui les liait à la France. »

Qui ne connaît pas le roi Sihanouk ? *Siha* veut dire Lion en pali. Il fut l'un des hommes réputés pour ses nombreuses incarnations : roi, prince, chef d'État, mais aussi poète, cinéaste et acteur. Tout comme Bao Dai qui monta effectivement sur le trône de l'Annam en 1932 à dix-neuf ans, Sihanouk, au même âge, fut couronné en 1941. Plus encore, la France soutenait Sihanouk pour sa nature aimable et pensait qu'il serait aussi « malléable » que l'empereur Bao Dai. Mais, dans les deux cas, les deux souverains s'avéraient beaucoup moins dociles, chacun à sa manière.

Sihanouk appartenait à une famille qui aimait les arts. Son ancêtre, le roi Norodom, ressuscita le ballet royal et la danse classique khmère. Son grand-père, le roi Monivong, écrivit des poèmes royaux chantés pendant la fête des Eaux. Son propre père, le roi Suramarit, jouait de la flûte et du saxophone, chantait et écrivait des chansons khmères. Sa mère, la reine Sisowath, protectrice du ballet classique khmer, jouait de la flûte khmère. Le jeune prince Sihanouk adorait toutes les formes d'art. Mais le cinéma était sa vraie passion.

« J'étais chanceux de pouvoir prendre des photos d'Angkor à cette époque, raconta Mark. Je commençais ma carrière comme photographe et je cherchais un défi à mes jeunes ambitions ! Je rêvais de publier un livre sur Angkor. Le roi Sihanouk m'avait permis de séjourner sur le site et de prendre des photos. Imaginez, j'ai demeuré à Angkor pendant un mois avec pour seul compagnon un guide cambodgien. Je crois que cela a été la période la plus heureuse de ma vie, car ma seule préoccupation était de choisir la belle lumière et le bon angle pour mes photos. Je me sentais parfaitement en communion avec Angkor et ses Bouddhas. »

8

La paix était comme le beau temps avant l'orage. Tout comme le Cambodge, le Viêt-Nam a connu une période de paix après la défaite française à Diên-Biên-Phu et le retrait des Français en 1954. Je me rappelais les différents sons qui caractérisaient les matinées de Saigon. Je me réveillais souvent bercée par le bruit régulier des sabots de chevaux résonnant sur le pavé mouillé. Aux premières heures du matin, alors que la rosée dégouttait des feuilles, les maraîchers apportaient sur des carrioles fruits et légumes, ainsi que poules et canards au marché central. Comment oublier Saigon avec ses milliers de marchands ambulants ? Aux coins des rues, des marchandes de soupe allumaient leurs fourneaux. Les feux de charbon étaient des lieux de rencontre pour les vendeurs matinaux qui, assis sur leurs talons, avalaient leurs soupes aux nouilles en portant leur bol à la hauteur du front.

J'entendais les voix de Saigon avec tous ses accents mêlés des trois régions du pays : sud, centre et nord. Des marchandes ambulantes se courbaient sous le poids de leurs palanches, socques claquantes sur le ciment, clamant de temps à autre : « *Bánh mì nóng !* Pain chaud ! Qui veut manger mon pain chaud ! » Près des écoles, des marchandes de *xôi*, exposaient toutes sortes de riz gluant aux différents parfums, décoré de lamelles de noix de coco et saupoudré d'une poussière de cacahuètes et de sésame : « *Xôi, ai an xôôôôi !* Riz gluant, qui veut manger du riz gluant ! » Aux buvettes installées sur les trottoirs, on vendait du *cà-phê* dans de petits verres, du café noir perlant de filtres en coton ressemblant à des chaussettes. Ou du café glacé avec du lait concentré sucré formant une couche beige au fond du verre. Saigon avait des sons, des odeurs et des goûts inoubliables.

    La vie grouillante de Saigon ne s'arrêtait qu'à l'heure du midi où le soleil brûlait avec ardeur. Des vendeurs transportaient dans leurs voiturettes du *bánh-mì*, « pain de mie » au jambon et au pâté de porc avec des condiments vinaigrés. Des marchands de riz servaient des plats aux clients agglutinés autour des tables basses. Saigon ressemblait alors à un immense restaurant en plein air. Dans cette ville, la moitié des gens faisait la cuisine pour l'autre moitié. Puis tout se figeait à l'heure sacrée de la sieste. Des marchandes ambulantes arrêtaient leur longue marche, posaient leurs paniers en osier en s'éventant avec leur chapeau conique. Des conducteurs amarraient leurs cyclos à l'ombre d'un tamarinier, s'étendaient sur le siège et faisaient la sieste, un foulard à damier sur le visage.

    Les dimanches après-midis, mes parents m'emmenaient de temps à autre au port de Saigon. C'était notre promenade préférée. Nous commencions la marche à partir de la Cathédrale Notre-Dame qui se dressait de toute sa grâce de briques rouges. En descendant la rue Catinat rebaptisée Tu-Do ou Liberté à mon époque, on pouvait contempler l'hôtel Continental et l'ancien Théâtre municipal, transformé pompeusement en Quôc-Hôi, siège de l'Assemblée nationale sud-vietnamienne au milieu des années 1960. C'était sur la scène de ce théâtre que des élus de la nation jouaient sans le savoir leur dernier acte en 1975. Nous arrivions au port de Saigon où des vendeurs proposaient boissons sucrées, fruits et friandises. Des seiches séchées étaient épinglées sur une corde comme de petits drapeaux triangulaires, prêtes à être grillées au charbon de bois et passées au laminoir. J'avais le choix entre un cornet de cacahuètes et un pain rond sucré contenant une boule de crème glacée.

La rivière de Saigon coulait tranquillement, entraînant des touffes de jacinthes d'eau aux fleurs violettes. J'imaginais le monde à travers les récits de mon père en suivant le sillage des paquebots blancs le long des palmiers d'eau jusqu'au cap Saint-Jacques. De là, ils naviguaient dans le Pacifique pour se rendre à Singapour, Colombo, puis Djibouti. Ils traversaient le canal de Suez, au milieu des dunes de l'Égypte des Pharaons. Ils aboutissaient à la mer Méditerranée, bleue comme le ciel, et terminaient leur long voyage de deux mois sur le quai de la Joliette à Marseille, la cité phocéenne aux parfums d'épices d'Orient. À l'époque de mon enfance, une journée était très longue à vivre. J'avais hâte de grandir pour découvrir la France ! Mais voilà, en un battement de cils, les grands bateaux étaient bel et bien repartis depuis longtemps, laissant ma rêverie dans leur sillage blanc.

# 9

Angkor Vat s'embrasait au soleil couchant. C'était à ce moment qu'on allumait des centaines de bougies disposées autour de l'esplanade centrale du temple. L'orchestre traditionnel, composé de joueurs de hautbois, d'instruments à cordes, de tambours, de cymbales et de petits gongs, était installé en demi-cercle sur l'estrade. La magie opérait lorsque les danseuses du Ballet royal, belles et gracieuses, faisaient une à une leur apparition sur l'estrade. Assise entre Mark Oliver et Bunlong, comme dans un songe, j'imaginais qu'elles étaient des Apsaras, danseuses célestes sculptées dans les murs de grès, qui sortaient une à une de leurs bas-reliefs. Elles étaient coiffées de hautes couronnes d'orfèvrerie qui leur conféraient un port de tête royal. Elles étaient vêtues de corsages cousus de perles et de sampots, jupes amples en soie chatoyante de couleurs vives : vertes, violettes, bleues, rouges et jaunes. Elles portaient de lourds bracelets en or aux avant-bras et aux poignets.

Les danseuses avancèrent sur la scène et répandirent des pétales de fleurs en signe de souhait de bienvenue au prince, à son épouse et à leurs invités assis au premier rang. Puis elles amorcèrent une danse rythmée aux sons des instruments de musique traditionnelle. Leurs mains se déployèrent comme des fleurs de lotus, leurs pieds esquissèrent des figures sur le sol. Un regard intense, un petit mouvement du visage, une pose de tête, un froncement de sourcils, un demi-sourire, un regard fixe, un dos droit, une légère flexion du genou : toute cette gestuelle était étudiée et répétée des milliers de fois. Ces danseuses étaient formées pour accompagner les offrandes aux dieux. Elles suivaient une chorégraphie étudiée à partir de la pose des statues des déesses de la mythologie hindouiste. Quand elles exécutaient la danse des Apsaras, j'étais persuadée qu'elles devenaient dans leurs esprits ces belles déesses vouées au culte des dieux. Par un langage délicat des mains et des doigts, elles communiquaient avec les divinités.

« La danse du Cambodge va être présentée, chuchota Bunlong. La mère du roi Sihanouk, la reine Sisowath, s'est inspirée des sculptures d'Apsaras des bas-reliefs d'Angkor Vat pour chorégraphier la danse du Cambodge pour sa petite-fille, la princesse Buppha Devi. »

La principale danseuse qui personnifiait une Apsara, était habillée de blanc, symbole de la pureté. Elle était entourée par d'autres danseuses qui représentaient ses dames de compagnie. La belle Apsara dansait dans son jardin, alors que ses dames de compagnie confectionnaient des guirlandes de fleurs. Les fleurs signifiaient dans la danse khmère le bonheur et la paix. Il y avait quelque chose de très antique et de très sacré dans cette danse, car elle avait été créée avec la naissance du pays.

Sous l'influence de l'Inde, l'hindouisme se répandit au Cambodge par la route commerciale pour devenir la religion dominante. Il comprend le concept de Brahma, l'Être suprême qui est le créateur de l'Univers, plus haut que tous les dieux et vers qui toute âme se tourne. Il y a deux autres dieux importants : Vishnu et Civa. Ces trois dieux sont responsables respectivement de trois fonctions cosmiques : la création, la protection et la dissolution. Le vishnouisme trouvait faveur auprès des rois bâtisseurs du temple d'Angkor Vat. Selon la croyance hindouiste, Vishnu est le protecteur du monde. Il visite la terre des hommes en empruntant chaque fois une forme tantôt animale, tantôt humaine. Il se présente souvent sous la forme de *garuda*, l'homme-oiseau, *narshing*, l'homme-lion ou *kurma*, l'homme-tortue. Sous la forme humaine, le dieu Vishnu s'incarna un jour en un homme jeune et beau pour mesurer la charité de l'être humain. Lors de sa quête, il se heurta à de nombreuses portes fermées. Mais une porte s'ouvrit et une belle danseuse Apsara l'invita à entrer. Elle lui fit honneur de son entière hospitalité. Le dieu l'aima et lui promit protection. Depuis, la danse classique était un hommage au dieu Vishnu et aux rois khmers.

Les attaques incessantes des voisins du Siam à l'extérieur et la lutte pour l'hégémonie entre hindouistes et bouddhistes à l'intérieur contribuèrent à affaiblir le royaume d'Angkor. L'implantation quasi totale du bouddhisme au XIV$^e$ siècle bouleversa l'équilibre culturel et social. Néanmoins, certains rites bouddhistes sont encore empreints de culture hindouiste. L'incarnation est un concept de l'hindouisme où l'Univers suit un cycle infini de création, de dissolution et de recréation. Le karma est une loi cosmique de cause à effet, chacun de nous étant responsable de nos gestes et de notre propre destinée. L'âme d'une personne se réincarne neuf fois dans une vie jusqu'à ce que tous ses karmas soient résolus et, à la fin du cycle, elle retourne au Créateur pour ne faire qu'un avec lui.

Ce fut maintenant au tour des danseurs de se présenter sur l'estrade dans de lourds costumes cousus d'or aux épaulettes pointues. Des masques les transformaient en génies géants. Ils répétèrent les gestes d'une cérémonie d'union entre le Ciel et la Terre pour appeler la pluie afin de fertiliser les rizières. Les danseuses Apsaras les rejoignirent. Ils firent ensemble des mouvements circulaires symbolisant leur envol entre la Terre et le Ciel. Je faisais avec ces danseurs un voyage dans le ciel couvert d'étoiles comme dans un rêve éblouissant.

Passion et beauté se confondaient. C'était le même émerveillement. C'était la même splendeur, la même clarté, celle de la lumière que je recherchais inconsciemment et que j'attendais depuis si longtemps. La lumière dévoila la lune et révéla au regard ébloui le passage de la beauté. La pleine lune éclaira de sa douce clarté le lac, faisant miroiter des myriades d'étoiles à la surface de l'onde. Elle velouta de sa lumière laiteuse les contours des sanctuaires, tours et galeries du temple sacré d'Angkor Vat. Elle adoucit les courbes rugueuses des monuments et apporta aux pierres une nuance magique. Elle resplendit au sommet des arbres et reproduisit de petits cercles dansants sur le sol mousseux. Même les fromagers géants de la jungle pour un moment n'avaient plus cet aspect de monstres. Même la végétation sauvage qui rongeait inlassablement les ruines dans un combat inégal suspendit en un instant son envahissement, conquise par le charme mystérieux de Dame Lune. Subjuguée, je regardais le spectacle splendide des temples-montagnes qui s'étiraient jusqu'au ciel comme un escalier imaginaire jusqu'au domaine des dieux.

Puis, soudain, la lumière dorée disparut. La musique cessa d'un coup. Au-delà de cette splendeur, s'étala aussitôt un grand vide comme un désert silencieux, comme un immense chagrin. Les ruines resplendissantes n'étaient plus que masses sombres. Rien ne demeurait du miracle de lumière qu'un regard étonné. La passion ressentie de façon si violente ressemblait à cette lumière lunaire qui envoûtait, mais qu'on ne parvenait pas à toucher. Comme une étoile filante à peine perçue et déjà évanouie, et qui laissait dans mon cœur une traînée de lumière, une sensation du merveilleux. Mais c'était pleinement suffisant. Oui, c'était amplement suffisant pour que je vive le reste de mes jours avec une éternelle nostalgie.

## 10

Cette nostalgie était comparable à celle que je ressentais pour mon enfance vécue dans une ville qui laissait un goût de miel dans la bouche quand on prononçait son nom : Saigon. Tant de souvenirs revenaient en moi qu'il me semblait que j'étais le plus souvent dans mon esprit à Saigon parmi les miens. Du fond de mon enfance se réveillaient mille sensations égarées. Oui, mes souvenirs enfin revenus me racontaient toute une histoire. Ils étaient toujours vivants ces souvenirs refoulés et n'avaient jamais cessé de vivre. Chaque souvenir revenait avec sa musique et sa légende. C'est en m'éveillant en terre étrangère que je me trouvai brutalement plongée dans l'irréel.

Le Têt, la nouvelle année lunaire, prenait toujours une tournure magique à Saigon. Sept jours avant le Têt, chaque famille préparait le départ des Génies du foyer, *Táo-Quân*, vers le ciel. Ceux-ci devaient rendre compte à *Ngoc-Hòang*, l'Empereur de Jade, des faits et gestes des habitants dans la demeure où ils résidaient. On prenait soin de célébrer le départ des Génies du foyer par un repas bien fourni, pour qu'ils fassent un rapport plutôt favorable et sans trop d'indiscrétions, car, suivant leurs bons ou mauvais rapports, l'Empereur de Jade distribuait des récompenses ou des punitions aux habitants de la maison. Ma mère offrait des habits neufs en papier aux Génies du foyer. J'avais l'impression que nos génies protecteurs partaient vers le ciel dans la fumée ondulante de l'encens. En leur absence, la maison était décorée d'une branche de mûrier pour empêcher les esprits maléfiques d'y entrer. À la veille du Têt, ma mère allumait trois bâtons d'encens pour accueillir le retour des Génies du foyer, ainsi que l'arrivée des âmes de nos ancêtres pour passer avec nous trois jours. Aux douze coups de minuit crépitaient des pétards qui chassaient à grands bruits tous nos malheurs.

Ma mère renouvelait chaque jour les fleurs et le plateau de fruits en offrande aux ancêtres. Elle disposait aussi des tranches de *bánh chung*, gâteau traditionnel au riz gluant. La légende raconte que le premier roi des Viêt, Hùng-Vuong, demanda à tous ses fils de préparer un plat spécial. Celui qui présenterait un bon plat au goût du roi deviendrait l'héritier du trône. Un jeune prince fit un rêve dans lequel une divinité lui conseilla de faire un plat avec du riz, la nourriture de base des Vietnamiens. Il confectionna un gâteau carré *bánh chung* garni de riz, de viande et d'herbes parfumées, cuit dans des feuilles de bananier, et un autre gâteau de riz *bánh dây* rond. Le gâteau carré représentait le Ciel et le gâteau rond, la Terre. Le roi goûta à ces deux gâteaux et les trouva délicieux. Il céda son trône à ce jeune prince pour la sagesse de sa pensée. Depuis, le peuple vietnamien fabrique des gâteaux en offrande au Ciel et à la Terre.

Un pur enchantement était le marché des fleurs de l'avenue Nguyên-Huê que ma mère continuait à appeler avenue Charner. Cette artère à quatre voies était fermée au trafic de voitures pendant une semaine. Ses trottoirs débordaient de pots d'amandiers, de pruniers et d'abricotiers en fleurs. Nous passions des moments agréables à choisir une branche de *cây mai*, fleur de printemps, aux pétales délicats jaunes ou rouges. « *Má !* Maman ! m'écriai-je, toute excitée. Prends celle-ci, non, peut-être, celle-là, ou l'autre là-bas. » Des fleurs coupées débordaient de leurs vases, des glaïeuls aux épis droits entrouverts aux couleurs pastel, des marguerites débordantes de vie, des œillets d'Inde parfumés et des chrysanthèmes en gros pompons blancs et jaunes. S'il était plaisant de circuler au milieu de ces parterres fleuris, c'était encore plus distrayant de regarder les Saigonnais endimanchés qui tournaient autour de ces fleurs et qui négociaient le prix à qui mieux mieux.

Le marché central exposait le fruit par excellence du Têt : la pastèque à la peau vert foncé, à la chair rouge et aux pépins noirs. Ce fruit annonçait bien longtemps à l'avance l'arrivée du Têt et sa vue me remplissait de joie. Des montagnes d'oranges, de mandarines et de kumquats rivalisaient de couleurs éclatantes. Le Têt, c'était aussi le magasinage de fruits confits disposés dans de belles boîtes carrées ou rondes, enveloppées de feuilles translucides et nouées de larges bandeaux de soie. Je connaissais bien le goût de ces gourmandises sucrées, comme la patate douce en larges lamelles orangées, la courge en petits bâtonnets blancs et la noix de coco en fines dentelles. Ma mère ajoutait au plateau de fruits confits des graines de pastèques colorées en rouge. Il ne pouvait y avoir de Têt sans ces graines de pastèques. Enfants, mes cousines et moi mangions beaucoup de graines de pastèques pour colorer nos lèvres en rouge comme les grandes personnes.

Le premier jour du Têt était entièrement consacré à la famille proche et à des visites familiales. Je pouvais à peine dormir la veille tant j'avais hâte de vivre cette première journée. Très tôt, je me levais et m'habillais de vêtements neufs confectionnés par ma mère. Elle m'amenait dans un quartier populaire *Bàn-Cò* où habitait ma grand-mère maternelle. J'avais hâte de faire la file derrière des cousins et cousines plus âgés pour présenter mes vœux à ma grand-mère : « *Chúc mùng nam moi !* Bonne et heureuse année ! » La formule de souhait rituel était *phúc, lôc, tho*, bonheur, prospérité, longévité. En fait, les enfants avaient plutôt hâte de recevoir une petite enveloppe rouge, *li-xì*, contenant quelques pièces de monnaie toutes neuves. Ensuite, nous nous ruions vers un jeu de dés où nous misions sur des animaux : crabe, poisson, tigre ou daim. Invariablement, je perdais au jeu toutes mes pièces neuves.

Le quartier *Bàn-Cò,* signifiant Damier, était constitué de compartiments et d'entrepôts rectangulaires en rangée construits par des Français à l'époque coloniale pour stocker leurs marchandises. Des Vietnamiens les avaient transformés en boutiques au rez-de-chaussée et logements au premier étage. Ce quartier se situait à une demi-heure en cyclo-pousse sur la même rue Richaud, mais cette demi-heure de cyclo-pousse séparait deux classes sociales, des villas coloniales et des compartiments serrés, des professions libérales et des petits métiers. Ma mère faisait partie de ces « petits métiers », cette catégorie de femmes courageuses dotées d'un extraordinaire instinct de survie. Saigon m'avait déjà, très tôt, habituée aux différences. Comme un caméléon, je passais aisément d'une couche sociale à une autre en changeant la couleur de ma peau. Faire comme les autres, surtout ne pas se faire remarquer.

Un jour, en jouant dans une ruelle avec mes cousines, j'aperçus, par une porte entrouverte, des hommes, assis par terre, en train de fumer de l'opium. Ils aspiraient les yeux fermés la fumée d'opium de leurs pipes en bambou. Puis la porte s'ouvrit toute grande et des gens emportèrent précipitamment le corps maigre et recroquevillé d'un homme, la bouche tordue de douleur. Il portait un petit maillot de corps crasseux découvrant ses épaules osseuses et brûlées par le soleil. Il était sans doute déjà mort, foudroyé, pour avoir fumé de l'opium de très mauvaise qualité, fabriqué exprès pour les pauvres. La porte de la fumerie clandestine se ferma brusquement, ne laissant qu'une odeur douçâtre qui me souleva le cœur.

J'avais sans doute mieux compris la misère humaine de ma ville un jour du Têt alors que ma famille allait se recueillir sur les tombeaux de nos ancêtres au cimetière. Je m'étais attardée à l'arrière pour ramasser des perles de verre tombées des couronnes mortuaires près d'un caveau, et en relevant la tête, je m'étais retrouvée face à face, à mon grand désarroi, avec des fantômes en haillons. Ils avaient des visages déformés, des trous à la place du nez et des moignons à la place des mains. C'était tout un peuple souterrain, loques humaines, lépreux sans vraiment rien à la bonne place. Je m'étais enfuie, épouvantée, car je venais de comprendre que c'étaient des fantômes certes, mais bien vivants.

## 11

De Siem Reap, au lendemain du spectacle d'Angkor Vat, Bunlong et moi partîmes visiter des projets humanitaires près de la frontière thaïlandaise. Dans un véhicule tout terrain, nous suivîmes en convoi rapide celui de notre collègue cambodgien Son. Nous traversâmes Battambang, la ville natale de Bunlong. Battambang signifie Bâton disparu. *Dambang Kranhoung* était un bûcheron, un géant qui avait un bâton en bois dur comme du fer provenant d'un arbre au nom de *kranhoung*. Ce bâton magique lui proféra une grande puissance. Un jour il lança le bâton qui s'éleva dans les airs et disparut dans un endroit qu'on appela Prey Battambang, « Forêt du bâton disparu ». On édifia une statue du géant à genoux, tourné vers l'est, vers la capitale Phnom Penh, tenant une coupole sur laquelle se trouvait un bâton.

« C'est la première fois que je retourne dans ma ville natale après quinze ans, dit Bunlong. Je suis très ému ! Je n'ai pas encore le courage de visiter Phnom Sampeou, non loin d'ici. Les Khmers rouges y ont exécuté des milliers de personnes en les jetant dans une énorme grotte. Récemment, les villageois ont regroupé les ossements des victimes et des moines ont récité des prières pour la paix de leurs âmes.

– Je suis sûre, Bunlong, que vous trouverez le temps nécessaire pour retourner sur vos pas et visiter les lieux de votre enfance, dis-je. Il vous faudra du temps ! »

Nous contournâmes le lac Tonlé Sap et les villages flottants de pêcheurs vietnamiens installés au Cambodge depuis plusieurs générations. En raison de la rareté de la terre, ceux-ci se regroupaient et construisaient des maisons sur l'eau, collées les unes aux autres. Tout le monde était pêcheur ici, c'était une seconde nature. Sous les maisons flottantes se trouvaient de véritables fermes où on élevait des poissons destinés aux restaurants de Siem Reap. Sur des claies en bambou, des femmes faisaient sécher de petits poissons servant à produire la fameuse sauce poisson ou *nuoc mam*, et de la pâte de poisson fermentée à l'odeur si prenante. Elles cultivaient aussi des jardins flottants de tomates, de haricots et de poivrons qu'elles revendaient aux marchés locaux.

Nous devions compter plusieurs heures de route pour arriver près de Pailin, en raison de l'état délabré de la route nationale. Je retrouvai avec plaisir les mêmes bornes kilométriques arrondies en ciment datant de l'époque coloniale comme à Saigon. Nous traversâmes des rizières verdoyantes, des villages paisibles et des paillotes sur pilotis abritant en dessous des animaux de ferme. Peu à peu, le trafic diminua, puis il n'y eut plus de voitures, ni même un barrage de contrôle de soldats. Nous approchâmes de Pailin où on extrayait des diamants, saphirs, rubis et autres pierres précieuses. Là-bas, vers la frontière thaïlandaise, c'était la grande base des Khmers rouges.

En arrivant près de quelques paillotes aux toits de latanier, notre collègue Son freina soudainement à petits coups saccadés et s'arrêta. Par la fenêtre ouverte, il nous fit signe de ralentir. Nous nous trouvions devant un barrage portant un panneau à fond rouge sur lequel était imprimé en blanc un crâne sur deux os croisés : « Danger – Mines ». Nous étions arrivés à notre premier lieu de visite. L'officier cambodgien responsable de l'équipe de déminage nous demanda de nous garer au bord de la route et d'entrer dans une salle de réunion. Sur un tableau noir était accroché un panneau avec trois dessins où figuraient des légendes en langue khmère pour les Cambodgiens. Dans un premier dessin, on dissuadait un enfant de jouer avec des mines antipersonnel. Dans un deuxième, on déconseillait à un fermier de déterrer lui-même une mine antichar. Dans un troisième, il y avait une panoplie de mines de toutes sortes avec leurs noms. L'officier fit circuler ensuite une petite boîte qui contenait différents types de mines antipersonnel. Certaines mines étaient si petites que je pouvais les mettre dans ma poche ou les tenir dans la paume de ma main.

« Vous avez devant vous ce que nous appelons les armes des lâches, expliqua l'officier. Nous les nommons les sentinelles éternelles. Ces mines constituent un véritable danger pour la population et surtout pour les enfants. Elles tuent et blessent sans discrimination. Les fermiers qui cultivent leurs rizières sont les principales victimes de ces mines. Les femmes qui vont chercher de l'eau à la rivière et les enfants qui conduisent des buffles au champ sont particulièrement exposés. Certaines mines que vous voyez sont de couleur claire. Elles ressemblent à des jouets et les enfants les ramassent sur le chemin pour jouer avec.

– Combien de temps ces mines peuvent-elles durer ? demanda Bunlong.

– Elles peuvent rester enfouies dans la terre pendant des décennies et exploser au moindre toucher, répondit l'officier. Ce sont des armes extrêmement durables. Le travail de déminage est, par contre, exigeant et dangereux. Cela prend trente seconde pour enterrer une mine, alors que cela nous prend des jours, voire des semaines, pour localiser une mine dans un champ et la déterrer. À quelques reprises, des Khmers rouges sont revenus la nuit et ont enterré de nouveaux engins sur une parcelle déjà déminée. »

Les chiffres étaient époustouflants. On estimait qu'il y avait plus de dix millions de mines antipersonnel au Cambodge. Ces mines tuaient et blessaient une population déjà très vulnérable. Elles privaient les pauvres de leurs moyens de survie. Les fermiers ne pouvaient cultiver qu'une partie des terres arables. L'officier nous invita à assister à une destruction des engins que son équipe était parvenue, à leur risque et péril, à amasser au cours du dernier mois. Des militaires portant des gilets pare-balles et casques disposèrent un tas de mines dans un fossé. Nous nous éloignâmes d'une bonne distance pour observer. Instinctivement, je me bouchai les oreilles, avant qu'une immense déflagration ne projette du gravier, de la terre et une grosse fumée noire hors du fossé. Mais, même en me bouchant les oreilles, j'entendis le bruit de l'explosion, mille bruits d'explosion, comme s'ils étaient inscrits à répétition dans ma mémoire.

Nous visitâmes ensuite un petit atelier de fabrication de béquilles d'une organisation de charité locale dans un village avoisinant. Sur le mur étaient accrochées des béquilles de toutes tailles. Le responsable cambodgien indiqua que ces béquilles étaient fabriquées avec du matériel qu'on pouvait facilement trouver au Cambodge. Il avait une équipe de six techniciens, dont deux femmes, tous étaient amputés pour avoir un jour marché sur une mine. Il expliqua qu'il y avait un besoin criant de béquilles pour le nombre de plus en plus grand d'amputés. Des béquilles en bois étaient destinées aux adultes, alors que celles en bambou, plus légères, aux enfants. Chacun avait sa triste histoire à raconter.

Bunlong me raconta l'histoire d'un Cambodgien nommé Tun Channareth. En 1982, blessé par une mine antipersonnel près de la frontière entre le Cambodge et la Thaïlande, ce jeune père de six enfants avait perdu ses deux jambes. Il avait souhaité mourir, mais en pensant à ses six enfants, il s'était accroché à la vie. Malgré son handicap, il travaillait auprès d'autres compatriotes blessés par les mines.

« Ce que Tun Channareth a dit lors d'une conférence sur les mines antipersonnel me reste en mémoire, dit Bunlong. Pour lui, le temple du Bayon à Angkor Vat est un très beau symbole. Les quatre faces des dieux regardent le nord, l'est, le sud et l'ouest. La première face représente l'amour ; la deuxième, la joie ; la troisième, l'imperturbabilité ; et la quatrième, la compassion. Même les dieux du Bayon contemplent les champs de mines au loin et prient pour la paix. »

12

De retour à mon hôtel à Phnom Penh situé dans une ruelle près du Monument de l'Indépendance, je ne parvenais pas à dormir. Il y avait trop de violence et trop de souffrance dans ce pays. J'avais besoin d'une plage tranquille et je pensais très fort à Mark Oliver. Je le revoyais dans mon esprit, attentif, conversant, souriant, ignorant tout de mon drame intérieur. Je me doutais que c'était sans doute le cadre grandiose d'Angkor qui suscitait cette émotion en moi, à moins que le danger latent dans ce pays n'y fût pour quelque chose. J'essayais de comprendre la cause de ce coup au cœur. À partir de quel moment ce sentiment inconscient pénétra-t-il dans le champ de la conscience et que son image, comme dans un objectif, se cristallisa-t-il dans ma mémoire ?

J'étais fascinée par ce mélange de timidité et d'audace chez cet homme. Il y avait quelque chose d'insolent et d'assuré dans son regard et dans sa démarche. L'apparente indifférence d'un grand félin toujours aux aguets. J'avais tout de suite envie de le connaître, de le toucher, de le consoler et de l'aimer très fort, comme ça, pour rien. Ce sourire retenu qui éclairait son regard mais qui n'effaçait pas ce brin de tristesse au fond des prunelles. Une façon de regarder, pleine d'attente et de réceptivité. Alors, plus je cherchais à comprendre, plus je me perdais. Je n'avais jamais vu aussi clairement en moi-même qu'en ce moment où je ne voyais rien. Comment expliquer cette attirance vers un inconnu dès le premier regard, dès le premier sourire ? Qu'est-ce qui aurait pu déclencher cette étincelle qui, déjà, me rendait si vulnérable ? La trame de la vie et de ses destinées ne pouvait être expliquée et se dérobait à toute logique, à tout raisonnement de l'intelligence humaine. Il devait y avoir une explication, comme il y en avait toujours une pour toute chose, mais il me suffisait de ne pas la connaître.

Je me souviens longtemps des visages, de leur expression captée au hasard d'une rencontre. C'est sur le visage qu'on apprend à lire les sentiments d'une personne, comme on apprend à lire l'alphabet sur un tableau noir. C'est dans le regard de l'autre que l'on voit qui l'on est. On regarde un visage choisi comme ça parmi tant d'autres, on imagine tout un monde de soie et de tendresse et on y projette tous ses espoirs. Il y a des êtres qui sont nés pour vivre ailleurs, loin de leur histoire et de leur culture. Ce sont des exilés, certes, des exilés parfois volontaires mais trop souvent involontaires.

J'enviais l'amour de Mark pour l'Asie et surtout, pour son immense fidélité envers elle. J'enviais cette belle Asie, telle une femme incrustée dans sa peau. Cette région du monde était aussi la mienne, mais je m'en étais éloignée pour essayer d'oublier la guerre et la souffrance. Hélas, on ne pouvait pas ignorer la guerre et se dérober de la souffrance. En raison de la force de l'attachement de Mark pour l'Asie, j'avais l'impression que ce continent comptait plus pour lui que pour moi. À bien des égards, il était bien plus asiatique que moi. Il était asiatique d'âme alors que je ne l'étais que de corps. Nos destinées étaient croisées. Nous étions comme des jumeaux qui s'attiraient et se rejetaient mutuellement. Quelle race étrange que ces « Asiates » ! Cette partie profondément asiatique était sans doute la meilleure de nous-mêmes. J'entretenais avec l'Asie une sorte de relation d'amour et de désespoir. D'amour pour ces millions de femmes, comme ma mère, qui avaient sacrifié leur vie pour leurs enfants. Minuscules fourmis toujours à l'œuvre, toujours en mouvement sur une terre qui endurait tellement de misère. Je ressentais de la répulsion envers la guerre qui se propageait de pays en pays, avec ses atrocités terribles et ses perversités innommables. Il y avait des jours où je voulais crier au monde mon refus de la violence, mon mal de vivre, ma grande déception envers les hommes. Lorsque j'entendais les noms de code d'opérations militaires, je pensais tout de suite à d'anciennes opérations au Viêt-Nam, telles que *Phoenix* et *Delta*, qui n'étaient que des assassinats déguisés.

Ma relation avec l'Asie était infiniment passionnelle. Je me contentais de l'aimer de très loin, de l'autre bout du monde, séparée par d'immenses océans, en lieu sûr. Ou alors, je niais mon propre attachement à l'Asie, pour protéger mon « moi » plein de bleus à l'âme, pour fuir mon propre destin. Et, de façon paradoxale, je sentais instinctivement que l'Asie qui m'avait rapprochée de Mark finirait par nous séparer. Comme les conflits qu'il continuait de couvrir dans la région. Je savais aussi que jamais je n'accepterais de subir ce que je présumais être mon destin sur cette terre d'Asie.

Dans cette Asie riche de sagesse, il n'y a sans doute qu'une seule vérité : c'est le sens de l'éternité. Qu'est-ce que trente ans, cent ans, mille ans, en Asie ? Qu'est-ce qu'une vie d'homme en Asie ? Une goutte d'eau dans l'océan du temps. Tout passe, les hommes, leur orgueil et leur ambition. On meurt mais la vie demeure. C'est peut-être pour cela que l'on ne parle pas de temps en termes de passé simple et de futur proche, mais de vies antérieures et postérieures. En vietnamien, *ngài mai* veut dire demain, mais cela veut aussi dire « demain, dans une autre vie ». Lorsque quelqu'un s'écrie : « *Trời ơi !* Ô ciel ! » le mot *Trời* signifie l'espace bleu sur notre tête, mais *Ông Trời* est aussi pour les Vietnamiens, Seigneur Ciel, le Dieu tout puissant qui s'amuse avec notre vie.

13

Au Club de Presse de Phnom Penh, Mark Oliver était nonchalamment adossé au bar et bavardait avec un ami. Ses yeux me repérèrent, me fixèrent et me sourirent. Je sentis un creux à l'estomac et de nouveau cet agréable vertige. Mark avait ce regard appuyé comme une promesse de bonheur. Il avait ce sourire discret comme une douce caresse de la soie. J'étais comme un éphémère attiré par la lumière qui irrémédiablement finirait par lui brûler les ailes. Je m'en voulais de cette faiblesse. J'eus l'impression que Mark me serra la main avec empressement, lorsque nous nous retrouvâmes. Ses yeux se firent plus admiratifs lorsqu'il m'adressa la parole. À moins que cette amabilité que je prenais pour de l'intérêt ne soit naturellement de mise dans ce genre de rencontre mondaine.

« Kim, je vous présente Michael Clark. Michael est photographe indépendant comme moi. Michael, voici Kim. Elle est originaire de Saigon, dit Mark.

– Je suis heureux de faire votre connaissance, dit Michael.

– Enchantée ! dis-je en lui serrant la main.

– Michael et moi sommes de vieux amis, dit Mark en souriant. Nous nous retrouvions souvent sur le même front de guerre. Tu te rappelles, Michael, de Huê en 1968. Nous étions couchés dans une tranchée boueuse en train de subir des bombardements de tous les côtés. On ne pouvait mieux décrire l'enfer sur terre.

– J'étais allongé par terre, essayant de protéger ma tête avec mes bras, raconta Michael. Des bombes explosaient par centaines et la terre tremblait. Je commençais à peine dans ce métier et j'avais eu très peur. Je croyais que ma dernière heure était arrivée. Je m'étais juré que si je sortais de cet enfer de feux, jamais je n'y remettrais les pieds. Et à chaque fois, je recommence !

– Heureusement, un hélicoptère d'évacuation de blessés était passé par là et nous avait recueillis, ajouta Mark. Nous étions sauvés !

– Je suis désolé, j'ai un autre rendez-vous et je vais devoir vous quitter, dit Michael en consultant sa montre. Je vous laisse. Kim, j'espère qu'on aura l'occasion de parler plus longuement de Saigon une autre fois ! »

Michael fila vers la porte du Club de presse. Peu de photographes et de journalistes étaient installés au Cambodge en 1993. Seuls de vrais amoureux du pays comme Mark et Michael étaient revenus. Cet amour pour le Cambodge les rapprochait et renforçait leur amitié. Mark reprit son verre au bar et nous nous dirigeâmes vers une table près d'une fenêtre grande ouverte donnant sur le fleuve. Au plafond, les ventilateurs brassaient inlassablement de l'air tiède.

« Avez-vous apporté vos photos ? demanda Mark. On pourrait regarder nos photos d'Angkor ? Cela nous fera rêver encore un tout petit peu. »

S'appuyant au rebord de la fenêtre, il dévoilait fièrement une à une ses photos comme un trésor. Son visage était très proche du mien, j'entendais sa voix basse, je sentais son souffle, je respirais son parfum. Il suffisait que je me retourne un peu de biais pour le voir en pleine face. Pour voir ses yeux qui pétillaient comme du champagne. Pour me souvenir de son habitude de me regarder de temps à autre sans rien dire avec un sourire d'enfant content. Pour mettre en réserve le détail de ce que j'aimais en cet homme, comme l'on faisait avec les confitures de fraises l'été. Pour pouvoir me souvenir, longtemps, longtemps après, dans la solitude de l'hiver, de cette expression heureuse sur son visage. Mark examina longuement une photo du serpent naga que j'avais prise à l'entrée du temple d'Angkor Vat, une sorte de cobra à plusieurs têtes, étroitement gardé par une armée de génies géants.

« Le serpent naga est sacré. Il fait partie du culte des Cambodgiens. Naga veut dire serpent en sanscrit. C'est un animal mythique dans l'hindouisme. Le Bouddha est souvent représenté assis en position de lotus sur les anneaux du naga qui le protège. Le naga peut être un serpent ou un être humain, ou mixte, un serpent à tête humaine. Depuis des temps immémoriaux, le naga est un serpent d'eau, gardien des trésors des cours d'eau et de la Terre.

– Il représente aussi l'amour dans la mythologie cambodgienne, dis-je.

– Oui, c'est le serpent naga qui provoque la fertilité du sol et la fécondité des femmes. La légende raconte que chaque nuit, à la lueur de la lune, la statue de pierre du serpent naga se transforma en une très belle femme qui combla le roi d'amour. Le matin, dès l'aube, la femme retourna dans la statue de pierre. Les génies des temples maintenaient une garde vigilante auprès du serpent naga. Si la belle femme ne venait pas le rejoindre, le roi en mourrait.

– Pourquoi ? demandai-je.

– Le roi était le représentant des dieux sur Terre. C'était le médiateur entre le Ciel et la Terre. Du haut de la grande tour centrale, c'était lui qui accomplissait les rites pour les offrandes aux dieux. C'est lui qui faisait des prières pour faire venir les moussons pour la culture de riz. Le roi bâtisseur des temples qui avait son nom inscrit sur la pierre, le roi tout puissant qui régnait sur un vaste empire ne pourrait survivre sans l'amour d'une femme. Enfant, le prince était magnifié par le regard de la première femme de sa vie, celui de sa mère. Durant le reste de sa vie, il chercherait toujours un regard émerveillé de femme qui ferait de lui le plus magnifique des rois. Il était obsédé par le désir d'aimer et d'être aimé sans lequel ce serait la fin de l'éternel désir d'aimer. »

À la sortie du Club de presse, nous marchions dans la douce nuit de Phnom Penh. La rue devenait moins animée, dès la tombée de la nuit à l'approche du couvre-feu. Les marchands ambulants avaient plié bagages et étaient rentrés chez eux. De l'autre côté du fleuve, le Palais Royal découpait son ombre majestueuse dans la nuit claire. Là-bas, au loin, grâce aux scintillements d'étoiles sur l'onde, je croyais voir l'eau du Mékong se mêler avec celle du fleuve Tonlé Sap. En saison de pluie, j'imaginais l'eau du Tonlé Sap changer de direction et refluer vers Angkor Vat pour mouiller les rizières autour du temple et apporter le plein de poissons. Dans ma tête déjà, comme le courant, je voguais de nouveau vers Angkor Vat, écoutant le clapotis des vagues.

## 14

Bunlong et moi visitâmes une école maternelle nouvellement construite avec l'aide de notre organisation humanitaire dans un bidonville en banlieue de Phnom Penh. L'école se trouvait dans une ruelle, à côté de logements bas au toit de tôles ondulées, dont les façades abritaient des petits cafés, des buvettes et des épiceries. Les habitants de ce quartier défavorisé venaient de la campagne, fuyant des zones contrôlées par les Khmers rouges. Avec le temps, ils construisaient leurs abris de fortune, se créaient leurs propres emplois et s'y installaient pour de bon. Ils avaient fait des démarches pour obtenir de la municipalité un terrain vacant et soumis à notre organisation un projet d'école maternelle. Nous avions répondu positivement à leur requête. Bunlong m'indiqua que de futurs parents d'élèves étaient si dévoués au projet de cette école maternelle que, pendant sa construction, ils consacraient une journée par semaine de leur temps libre à différentes corvées. Ils avaient hâte que leurs enfants puissent la fréquenter. Heureusement, la construction fut complétée à temps pour la rentrée des classes.

Nous célébrâmes l'inauguration de l'école maternelle qui comptait six classes, chacune pouvant contenir une trentaine d'élèves. Des parents et leurs enfants étaient déjà massés devant l'entrée. Les futurs élèves étaient habillés de leurs plus beaux costumes, les yeux brillants et le sourire jusqu'aux oreilles. J'étais bien contente de voir qu'il y avait beaucoup de fillettes. Le directeur de l'école prononça un petit discours souhaitant la bienvenue à tous et

Bunlong en profita pour dire quelques mots en khmer. Les enfants chantèrent une chanson et lancèrent des pétales de fleurs aux invités. Puis ils se ruèrent sur de petits gâteaux préparés par leurs mères spécialement pour l'occasion. Bunlong fut ému jusqu'aux larmes en conversant avec des parents d'élèves. C'était la première inauguration d'un projet de notre organisation au Cambodge depuis son retour.

« Tous les habitants de ce quartier sont pauvres, mais font des sacrifices énormes pour que leurs enfants puissent aller à l'école, expliqua Bunlong. Ils font deux ou trois boulots pour pouvoir boucler la fin du mois. Ils ne mangent pas à leur faim, dans le but d'épargner quelques sous pour leurs enfants. Ils espèrent briser la chaîne de la pauvreté. Si les enfants vont à l'école, plus tard, ils pourront trouver du travail et auront un meilleur avenir.

– Ceci est d'autant plus vrai pour les fillettes qui sont souvent désavantagées dans les sociétés asiatiques où les garçons règnent en rois et maîtres, dis-je. C'est vrai que chaque enfant qui peut aller à l'école est en partie sauvé. Ces enfants représentent l'avenir du Cambodge. Ce sont des symboles de l'espoir. »

Je pensais à ma vie d'écolière à Saigon. À partir des années 1960, la ville fut secouée par une succession de coups d'État. Il fallait chercher dans le Petit Larousse illustré de mon père la signification de « coup d'État » : une conquête ou une tentative de conquête du pouvoir par des moyens illégaux, inconstitutionnels. À la moindre rumeur de coup d'État, ma mère hélait un cyclo-pousse et se précipitait au marché central pour faire le plein de riz qu'elle gardait précieusement dans une immense jarre en terre cuite. Elle commandait du charbon qu'elle entassait sous la véranda. Elle faisait des réserves de sel, de sucre et d'huile. Elle remplissait à ras bord de l'eau dans les bassins de la cour. En période d'incertitude, les prix du riz et d'autres denrées alimentaires doublaient et triplaient. Notre rue Richaud, rebaptisée Phan-Dình-Phùng après le départ des Français, était particulièrement visée, car s'y trouvait la station de radio et de télévision nationale.

Je me souvenais du coup d'État en 1963 contre le président Ngô-Dinh-Diêm, « l'homme-providence » des Américains. Des militaires insurgés prirent le contrôle de la station de radio et de télévision. Des tirs de mitraillettes retentirent jusqu'à chez nous. Nous nous terrâmes alors dans notre maison, fenêtres et portes bien barricadées, pendant plusieurs jours. Ma mère me pressa de m'étendre à même le carrelage en damier noir et blanc, cachée sous mon lit en fer, sous un gros matelas pour me protéger des balles perdues.

« Mange tout ton bol de riz à chaque repas, ma fille, parce que si on se faisait bombarder, tu pourrais au moins courir le ventre plein ! » insistait ma mère. Elle me mettait constamment en garde et répétait chaque fois : « Surtout il ne faut pas t'approcher d'un attroupement de curieux après une attaque à la grenade. Tu cours le plus loin possible dans le sens opposé, car une deuxième grenade pourrait exploser. » Ainsi prévenue, je retournais à pied à l'école dans le bruyant trafic de Saigon, transportant comme une fourmi, mon lourd cartable d'écolière sur le dos.

## 15

Mark Oliver et moi marchâmes sur la rue Sothearos à Phnom Penh à l'ombre des tamariniers jusqu'au Musée national du Cambodge, superbe bâtiment couleur rouge vin. Les deux immenses portails du musée étaient inspirés de sculptures raffinées du temple de Banteay Srei du site d'Angkor. Le Musée national conservait de nombreuses pièces d'art soigneusement sélectionnées par des experts cambodgiens et français. Il était bordé par un jardin luxuriant composé de bougainvilliers, de frangipaniers et de palmiers royaux.

« Le prince Sihanouk, en tant que chef de l'État, rusait avec les grandes puissances, les États-Unis, l'Union soviétique et la Chine, expliqua Mark. On pourrait même dire qu'il se faufilait entre ces puissances. Il parvint à préserver le Cambodge d'une relative période de paix jusqu'au début de 1970. Mais, il fut déchu par un coup d'État en 1971 par son premier ministre, le général Lon Nol. J'ai couvert des batailles entre les soldats de Lon Nol et des Khmers communistes ralliés à Sihanouk, alors en exil à Pékin. Il fut d'ailleurs surnommé le Prince rouge. Les fronts de guerre étaient partout. Il suffisait de suivre une route nationale pour savoir que le front n'était pas loin. Il y avait des motocyclistes cambodgiens dont la spécialité était d'emmener les journalistes et les photographes vers des champs de bataille. À quelques kilomètres du front, il y avait même des étals de marchands de soupe et des buvettes pour nourrir les soldats et leurs familles.

– Des Cambodgiens se portaient volontaires pour se battre contre leurs compatriotes khmers rouges bien plus aguerris qu'eux ? demandai-je.

– En effet, la plupart du temps, c'étaient des paysans vigoureux habitués à la vie dure à la campagne, continua Mark. J'avais accompagné plusieurs bataillons. Ces jeunes soldats à peine sortis de l'adolescence partaient en guerre avec une telle confiance en leur destin. Ils portaient tous un médaillon et quand ça allait mal, ils mettaient le médaillon dans leur bouche, espérant une protection de Bouddha. D'autres portaient des tatouages sur leurs torses, pensant que les balles ne passeraient pas au travers. D'ailleurs, ils m'avaient offert ce médaillon que j'avais mis dans ma bouche moi aussi à maintes reprises lors de terribles combats. »

Mark me montra un médaillon en bronze qu'il portait comme un talisman en permanence à son cou. À force de couverture dans les zones de guerre, il développa un sixième sens qui l'avertissait du danger qui guettait partout, là-bas, au-delà des bosquets de palmiers à sucre, derrière la digue de terre ou sous ses pieds même. Il se fiait à son instinct pour accompagner les soldats cambodgiens. Il surveillait leurs faits et gestes avant d'avancer ou d'amorcer un retrait. Mais l'expérience ne suffisait pas, il fallait aussi une grande dose de chance. Il savait que la mort n'était pas très loin et qu'elle guettait dès qu'il avait une demi-seconde d'inattention. Il fut blessé à quelques reprises au cours de ces batailles. Ses anciennes blessures, des fragments de grenades incrustés dans sa chair, le faisaient encore souffrir.

Mark me disait que s'il devait un jour mourir, il voulait que cela se fasse rapidement. Comme ces jeunes soldats cambodgiens, il préférait croire que la mort était une femme, une très belle femme de surcroît, qui l'amènerait avec elle, très rapidement, à l'heure qu'elle choisirait. Si le célèbre photographe de guerre d'origine hongroise et père du photojournalisme, Robert Capa, disait : « Si vos photos ne sont pas assez bonnes, c'est que vous n'êtes pas assez près ! » À l'instar de Capa, Mark Oliver croyait que « la meilleure place pour prendre des photos était le plus près possible du front ! » Le plus près possible du front de guerre, car on y distinguait mieux les expressions du visage.

## 16

Je demandai à Mark Oliver comment il avait vécu les derniers mois au Cambodge avant l'arrivée des Khmers rouges. Comme Saigon, Phnom Penh avait été engorgée de plus de deux millions de réfugiés provenant des campagnes. C'était le tiers d'une population totale de huit millions de Cambodgiens qui trouva refuge dans la capitale. Le dernier bateau qui approvisionnait Phnom Penh avait accosté en janvier 1975, puis plus rien. Les Khmers rouges minaient les routes et les cours d'eau afin d'asphyxier la capitale qu'il fallait prendre avant la saison des moussons. L'approvisionnement de Phnom Penh ne se faisait plus que par avion. Le 10 avril 1975, le président américain Gerald Ford déclara à la télévision : « La situation au Viêt-Nam et au Cambodge a atteint un seuil critique. Il y a peu d'options et il n'y a plus tellement de temps... »

« L'étau des Khmers rouges se resserrait peu à peu autour de Phnom Penh et on le sentait en regardant le visage des Cambodgiens, raconta Mark. Il y avait de la peur dans leur regard et de la nervosité dans leurs gestes. Les gens se préparaient à un long siège. Ils se procuraient des vivres et stockaient du pétrole. Des gens fortunés étaient déjà partis en France, aux États-Unis, en Grande-Bretagne ou ailleurs. Mais, la plupart des Cambodgiens étaient des gens modestes sinon pauvres. Ils préparaient néanmoins leurs bagages. Mais fuir où, surtout pas à Saigon où la situation empirait de jour en jour et difficilement à Bangkok car la Thaïlande ferma peu à peu ses frontières. »

Mark avait été parmi les derniers photographes et journalistes étrangers à quitter le Cambodge. La plupart de ses collègues avaient décidé de le faire avec un certain soulagement pour les uns et beaucoup de regrets pour les autres. La perspective de rester sur place à l'arrivée des Khmers rouges réputés sanguinaires ne semblait enthousiasmer personne. Mark avait examiné la situation avec ses sources les plus fiables, incluant celles des ambassades américaine, britannique, australienne et française. On prédisait en général un bain de sang. L'ambassade de France avait décidé de maintenir la mission ouverte en misant sur la longue amitié franco-cambodgienne.

Lorsque les Khmers rouges s'étaient approchés de Phnom Penh à une distance inconfortable pour les Américains, ils avaient lancé des roquettes sur l'aéroport Pochentong, détruisant des pistes et coupant les voies de sortie aériennes. L'ambassade américaine avait ordonné le 12 avril 1975 l'opération *Eagle Pull* ou Départ de l'Aigle. La veille, un contact à l'ambassade américaine conseilla à Mark de se présenter à l'hôtel Phnom à sept heures précises le lendemain s'il voulait quitter le pays. Ce contact lui avait précisé que l'ambassade avait déjà évacué les familles des diplomates ainsi que tout le personnel non essentiel quelques jours auparavant. Partir ou ne pas partir ? Cela avait été pour Mark un choix déchirant.

« Après mûre réflexion, j'ai décidé de partir en n'apportant avec moi que mes papiers d'identité et mes appareils photo car il fallait voyager légèrement. De l'hôtel Phnom, j'ai été transporté avec mes collègues journalistes dans un bus vers un terrain de football où des Marines fortement armés avaient déjà pris position pour protéger l'endroit. Dans un ordre strict, nous sommes montés dans un hélicoptère qui décolla très vite. J'avais le cœur lourd, car j'avais l'impression de fuir ce pays et ces gens qui m'avaient tant donné… »

En cette journée du 12 avril 1975, il faisait beau et chaud. Beau et chaud comme un jour normal d'avril à Phnom Penh, le mois le plus chaud avant la saison des moussons. Près de trois cents personnes, Américains, Cambodgiens et autres nationalités, avaient été transportées par des hélicoptères CH-53 vers des porte-avions en attente dans le golfe de Siam. Cet hélico-portage avait été réalisé dans le secret absolu, gardé par des Marines en tenue de combat, mâchoires serrées, fusils M-16 prêts à tirer. À part les Cambodgiens qui avaient embarqué dans les hélicoptères munis de leur laissez-passer, la population avait commencé sa journée sans se douter que leurs alliés les plus sûrs, les Américains, étaient en train de les abandonner aux mains des Khmers rouges. Il n'y avait aucun débordement, aucune manifestation. Lorsque l'ambassadeur américain au Cambodge monta dans un hélicoptère, le drapeau américain bien plié sous son bras, l'opération Départ de l'Aigle, qui n'avait duré que quelques heures, s'acheva.

« Ce fut un dénouement dramatique pour le Cambodge. Dans l'hélicoptère qui me transportait vers le large où attendait le porte-avion *USS Okinawa*, je n'avais pris aucune photo, par pure décence. Depuis des années, j'essayais d'intéresser le monde entier à l'histoire de ce pays, victime de la guerre par procuration entre les grandes puissances. Et voilà que je m'étais enfui du Cambodge comme un lâche. J'avais laissé derrière moi mes collaborateurs cambodgiens et mes amis. Je n'avais pas besoin de prendre de photos, car les plus belles photos du Cambodge, je les gardais dans ma tête. »

Pendant tout son temps au Cambodge, Mark essayait par ses photoreportages de montrer l'absurdité de la guerre, et surtout sa face cachée, celle de la personne humaine, celle de la souffrance inutile. La guerre au Viêt-Nam était terminée, mais la guérilla khmère rouge continuait au Cambodge. C'était une guerre dont plus personne ne voulait entendre. Le Cambodge était trop petit, trop pauvre et trop peu important. Mark voulait faire prendre conscience au monde entier qu'il y avait encore des millions d'oubliés du Cambodge, des hommes, des femmes et des enfants, blessés dans leur corps et dans leur âme.

Mark était retourné brièvement à Phnom Penh quelques mois après le renversement du régime sanglant de Pol Pot en 1979 par des troupes vietnamiennes. Des soldats vietnamiens maintenaient des barrages aux différentes entrées de la ville pour empêcher les Khmers rouges d'y retourner. Mark avait une impression étrange de marcher dans une ville fantôme silencieuse, sans aucune voiture et sans aucun piéton. De hautes herbes poussaient au bord des rues, c'était triste à voir. Quelques Cambodgiens qui avaient réintégré leurs domiciles, étaient très craintifs. Ils n'osaient pas parler aux étrangers. Mark avait retrouvé l'immeuble où il logeait avant l'arrivée des Khmers rouges en 1975, mais le bâtiment était fort endommagé. Il était parvenu à escalader la terrasse jusqu'au premier étage où se trouvait son appartement qui n'était plus que ruines. Aucune trace de ses photos, de ses carnets ou de ses papiers. Aucune trace de sa vie passée à Phnom Penh.

« Je passais devant le stade sportif où j'allais autrefois voir des matchs de football, le sport national du Cambodge, continua Mark. Même le roi Sihanouk qui était plus doué pour la musique que pour le sport, venait de temps à autre participer aux matchs. Les Khmers rouges avaient utilisé le stade comme terrain d'exécution de leurs soi-disant ennemis. C'était devenu un cimetière. Je pressais le pas tant l'endroit était lugubre. Lorsque je suis revenu pour de bon au Cambodge, j'ai longtemps cherché mon chauffeur et ma secrétaire, qui étaient tous deux

Cambodgiens. J'ai interrogé leurs anciens voisins et les autorités locales. Je suis même allé dans leurs provinces natales, mais je ne trouvais pas de traces d'eux et je ne savais pas s'ils étaient morts ou vivants. J'ai l'impression de les avoir trahis.

– Je suis vraiment désolée, Mark ! Je comprends votre peine, dis-je. Vous auriez pu faire quelque chose pour les aider si vous en aviez eu le temps, j'en suis sûre. Mais c'étaient des circonstances exceptionnelles. Vous étiez vous-même pris de court. Vous aviez tout laissé derrière vous. »

Je le pris par le bras. Sans un mot, face au fleuve, Mark m'attira vers lui et m'entoura de ses bras. Je sentis ses larmes sur ma joue.

## 17

Chercher un homme était aussi obsédant que chercher une ville. J'avais longtemps refoulé en moi les souvenirs de Saigon de ma jeunesse. Jamais une ville n'aura autant résumé le destin d'un pays à elle toute seule. Ville de permission et immense lieu de plaisir pour des soldats américains avant la partie de cache-cache avec la mort, Saigon était comparée à une femme ensorceleuse, enjôleuse, voluptueuse et passionnée. Faudrait-il emprunter les plumes d'écrivains célèbres pour la caractériser ? Ville entreprenante, rusée, opportuniste, mais aussi courageuse, laborieuse et résiliente. Pour moi, c'était une ville millefeuilles avec de minces couches successives pour mieux se protéger du danger.

Mais Saigon était à l'image même des Saigonnais. Peuple du marécage né du mariage entre la terre brune et l'eau ocre, les gens de Saigon conservaient cette fluidité dans leur façon d'être et d'agir. Ils étaient privilégiés par le delta du Mékong, terre nourricière et généreuse. Des gens ouverts, blagueurs, rieurs, qui aimaient les douceurs de la vie et qui étaient peu portés vers la discipline et l'ordre. Rien qu'à voir le flot de bicyclettes, de Vespas, de Lambrettas à trois roues et de taxis Renault bleu et crème dans les rues du centre-ville, on se demandait comment les Saigonnais pouvaient se démêler dans ces embouteillages quotidiens. Et pourtant, ils parvenaient à s'y extirper et continuer leur route.

Et c'était ainsi pour toute chose. À travers les drames, les Saigonnais étaient persuadés qu'ils s'en sortiraient tôt ou tard. Ils croyaient que chacun détenait une partie de la vérité mais que nul n'avait l'entière vérité. Il n'y avait pas une seule vérité mais plusieurs vérités qui, en fin de compte, n'équivalait à aucune vérité. Comme les trois singes sages de l'Orient, les Saigonnais de la haute société fermaient les yeux sur les coups d'État, se bouchaient les oreilles pour ne pas entendre les grondements des canons et niaient la tournure désastreuse de la guerre avec une ferveur désarmante. Quand on leur parlait de guerre, ils s'exclamaient en ces termes :

« La guerre ? Nous sommes en train de la gagner ! Les Américains ont trop investi au Viêt-Nam pour partir ! Mais voyons, nos amis américains ne nous abandonneront jamais ! Ils ne vont tout de même pas laisser tomber Saigon ! »

Confortés par de fausses rumeurs encourageantes, ces Saigonnais ne changeaient rien à leurs habitudes. Ils continuaient à rouler dans de belles voitures dans les quartiers chics. Ils faisaient la fête au *Bông-Lai*, Paradis terrestre, un grand restaurant illuminé de milliers de lanternes sur la rivière de Saigon, jusqu'aux petites heures du matin. Ils allaient dans les casinos à Cholon, ville-jumelle chinoise de Saigon, ville de plaisirs et de vices. Dans de grandes salles tapissées de velours rouge, ils jouaient au mah-jong, au *tu-sác* ou au *bá-quan*, jeux chinois aux multiples couleurs. Ils faisaient des tournées dans les fumeries d'opium clandestines, ou des virées galantes chez des beautés chinoises en robes moulantes fendues jusqu'aux hanches. Ils vivaient avec légèreté une atmosphère de fin du monde.

Jusqu'au jour où les « amis américains » manquèrent à leurs promesses. La société saigonnaise déjà corrompue jusqu'à la racine s'écroula comme un château de cartes. À Cholon, dans cette véritable capitale économique du sud, derrière des tentures closes, des négociants marchandaient ferme les prix du riz et des armes, ainsi que ceux des concessions et des terres. De là, ils tiraient les cordons de la bourse et dictaient des instructions aux généraux véreux en échange de pots-de-vin versés dans des comptes en banque à l'étranger. Le Sud Viêt-Nam était comme une peau de chagrin, il se rétrécissait au fur et à mesure de l'avancée des combats. Et finalement, le Sud Viêt-Nam, c'était tout simplement Saigon.

Cette Saigon de ma jeunesse était une ville à deux faces. Dualité d'une ville assiégée, exsangue et désespérée. Une face flamboyante et arriviste au langage de l'argent et à l'haleine de whisky. Grâce à des milliards de dollars américains déboursés pour soutenir la guerre, la vie à Saigon était encore plus facile et plus prospère pour certaines classes de la société, des politiciens corrompus et des hommes d'affaires cupides. Les riches devenaient plus riches et les pauvres plus pauvres. Les soldats américains n'apportaient pas seulement leurs dollars, mais également le rêve américain, le Coca Cola, des cigarettes blondes et le *rock and roll*. Ils trouvaient à Saigon de la drogue bon marché et des filles pas chères. Tout était achetable. Des bars à soldats poussaient comme des champignons, une petite partie de l'Amérique criarde y était transplantée, mauvaise copie de l'Occident. Des *ao-dai*, tuniques traditionnelles, laissaient place aux minijupes moulantes. De jeunes filles arrivaient de la campagne pour travailler dans ce nouvel Eldorado. Toutes voyaient défiler des milliers d'étrangers tandis qu'elles restaient sur le quai sans trop savoir ce qui les attendait. En période de pénurie, le marché en plein air surnommé Marché aux Voleurs de Saigon regorgeait de marchandises dérobées des stocks de l'armée américaine.

L'autre face de Saigon était sombre et misérable. D'une ville construite pour deux cent mille habitants au début du siècle, Saigon devait loger plus de quatre millions d'habitants au début des années 1970 avec l'afflux des réfugiés. Des gens fuyaient les hauts plateaux du centre du pays où des combats faisaient rage et devenaient réfugiés dans leur propre pays. Ville-pieuvre, Saigon avalait ses banlieues et étalait sa misère. Des baraques au toit de tôle poussaient comme des champignons le long des routes et des grappes de huttes s'agrippaient aux rives des cours d'eau. Cette ville increvable survivait comme elle pouvait, de mille tricheries, de mille ruses et de mille combines. Des pauvres trimaient dur, tirant des charriots, transportant des paquets, à la force des bras et des jambes. Les *nho*, gosses de la rue, « poussières de vie », vendaient de la gomme à mâcher, des cigarettes à la pièce, des journaux ou des billets de loterie. Quand ils avaient quelques piastres, ils devenaient cireurs de chaussures, courant d'un passant à un autre avec leur boîte à outils qui avait la moitié de leur taille.

Cette Saigon, miroir à deux faces, m'enseignait les premières leçons de la vie. Comment pouvais-je être bien dans ma peau quand il y avait tellement de contrastes dans cette ville. La beauté et la laideur. La richesse et la misère. La vérité et le mensonge. La vie et la mort. Le visible et l'invisible. Et, je devenais comme ma ville, personnage à deux faces. Une face fonctionnelle de tous les jours, qui en voilait une autre, plus fragile, pour cacher mon « moi » à fleur de peau. Faire comme une tortue, rentrer le cou dans ma carapace pour me protéger. Faire semblant de vivre normalement pour survivre. Comment pouvais-je marcher la tête haute quand ma ville Saigon était en train de couler comme un navire en perdition alors que de jeunes soldats américains, entassés dans leurs camions en partance vers un champ de bataille où sans doute peu reviendraient, me sifflaient :

« *How much, baby ?* Combien, bébé ? »

## 18

Bunlong et moi dinâmes sur une terrasse d'un restaurant sur pilotis au bord du fleuve Tonlé Sap, non loin de Phnom Penh. Un an auparavant, cet endroit avait été déserté par les Cambodgiens car les Khmers rouges y avaient encore leurs campements. Heureusement, la vie était revenue. De petits restaurants sur pilotis aux murs de bambou et aux toits de chaume venaient d'être construits, parfaitement en harmonie avec le paysage. Quelques barques de pêcheurs chargées de filets se laissaient tranquillement emporter par le courant. On nous servit des crevettes grillées, du riz et une soupe de poisson au tamarin légèrement acidulée, appelée simplement ici la « soupe vietnamienne ». Pour Bunlong, la venue des Khmers rouges en 1975 avait été un drame terrible.

« Je rêve encore de ma marche de la mort, raconta Bunlong. Dans mon cauchemar, je n'étais pas avec ma famille et je marchais sur la route parmi des milliers de Cambodgiens. Je cherchais ma mère, mais elle était introuvable. Soudain, tout était devenu sombre et une pluie diluvienne s'était abattue sur nous. La foule s'était dispersée et avait disparu en un clin d'œil. J'étais complètement seul sur la route déserte, j'appelais ma mère, mais aucun son ne sortait de ma gorge... Je me réveillais chaque fois avec des sanglots silencieux. »

L'année 1975 semblait être déjà si loin, mais les yeux de Bunlong étaient encore imprégnés d'une profonde tristesse. Le 17 avril 1975, les Khmers rouges étaient entrés dans Phnom Penh. Des Cambodgiens avaient accueilli leurs compatriotes habillés de noir, foulards à carreaux rouges au cou, en libérateurs. Mais l'enthousiasme avait tourné court. Angkar, « l'Organisation » toute puissante des Khmers rouges, avait ordonné une évacuation générale des villes vers les campagnes en criant dans des haut-parleurs que les Américains allaient bombarder. Les écoles avaient été fermées et les hôpitaux vidés de leurs malades. Des millions de personnes, hommes et femmes, jeunes et vieillards, enfants et bébés, avaient été envoyés sur les routes dans tous les sens. Les colonnes d'exode s'étendaient à des dizaines de kilomètres.

Bunlong avait dix ans et habitait à Battambang, dans le nord du pays. Ses parents, son frère et sa sœur avaient entrepris une longue marche errante dans la campagne, apportant avec eux le minimum nécessaire pour se faire à manger. Comme il n'y avait aucune infrastructure pour accueillir la masse de population provenant des villes, les gens survivaient comme ils pouvaient. Des citadins étaient transformés en agriculteurs du jour au lendemain. Ils cultivaient de petits lopins de terre arrachés à la forêt à main nue, sans aucun outil. Ils plantaient du riz et des légumes, mais rien ne poussait sur la terre ingrate.

Un régime de terreur avait été mis en place par le chef khmer rouge, Saloth Sar, de son nom de guerre Pol Pot. Les Khmers rouges éprouvaient une haine féroce pour les intellectuels. Savoir lire et écrire était un sacrilège. Porter des lunettes était un acte de trahison. Ils ne faisaient confiance qu'aux paysans illettrés aux mains rugueuses qui, pour eux, étaient purs de corps et d'esprit. Ceux qui exerçaient des professions libérales : médecins, avocats, professeurs, notamment ceux qui portaient des lunettes, preuve qu'ils savaient lire et écrire, étaient exécutés sur-le-champ. Ce fut le cas du père de Bunlong qui était maître d'école. La nourriture quotidienne pour tout le monde dans le camp était un bol de soupe claire dans laquelle flottaient quelques graines de riz. Le frère et la sœur de Bunlong étaient morts de maladie et de famine. Sa mère se laissa mourir de chagrin et de désespoir, car elle ne pouvait pas protéger ses enfants. Seul Bunlong, par on ne sait quel miracle, avait survécu.

Dans les camps, des hommes et des femmes étaient sélectionnés par Angkar pour créer une nouvelle race pure de Khmers. Leur tâche était de procréer. Mais ces prisonniers contraints aux travaux forcés de l'aube jusque tard dans la nuit n'avaient même plus la force pour réaliser le geste de procréation. Ils bâtissaient des travaux hydrauliques, des ponts et des routes dessinés par des « ingénieurs » d'Angkar, mais faute d'expertise et de moyens, les ouvrages en terre battue s'effondraient à chaque averse diluvienne. Ils recommençaient et recommençaient chaque jour des travaux titanesques, y traînant et y laissant leurs corps affamés. Des enfants et des adolescents, séparés de leurs parents, étaient élevés et endoctrinés par Angkar. Ils devenaient les yeux et les oreilles des Khmers rouges partout dans les camps. Ils apprenaient à dénoncer leurs propres parents.

« Un matin de 1979, tous les chefs de notre camp avaient disparu, continua Bunlong. Nous étions laissés à nous-mêmes. En fait, l'armée vietnamienne avait fait incursion au Cambodge et les chefs khmers rouges s'étaient enfuis, mais nous ne le savions pas. Nous avions faim, mais n'osions pas toucher à la réserve de riz des Khmers rouges. Cette nuit-là, plusieurs familles avaient décidé de fuir le camp. Je partis avec une famille qui avait partagé avec moi le peu de nourriture qu'elle avait. Dans le malheur, il restait encore des gens bons.

– Comme vous étiez dans la région de Battambang, cela vous avait permis de vous diriger vers la frontière thaïlandaise ? demandai-je. Vous n'aviez pas regardé en arrière ?

– Je marchais comme un somnambule, dit Bunlong. J'étais étrangement détaché. J'avais l'impression de regarder mon pauvre corps émacié et en haillons en train de marcher. Je n'avais fait que le geste de marcher. J'avais posé mon pied l'un devant l'autre pendant des kilomètres à travers la jungle. Je ne pensais à rien, surtout pas à mes parents, mon frère et ma sœur. Car je n'aurais jamais eu le courage d'arriver à un camp de réfugiés à la frontière de la Thaïlande. »

Bunlong a vécu dans ce camp deux ans avant d'être parrainé par une famille d'accueil au Québec. Il me raconta son histoire par petites touches, avec délicatesse, avec retenue, sans trop entrer dans les détails, comme s'il ne voulait pas me causer de peine. Il me racontait simplement son histoire comme si cela était arrivé à quelqu'un d'autre.

« J'ai décidé de ne plus penser au Cambodge, continua Bunlong. J'étais en rupture avec mon pays et ses gens si cruels. Et pourtant, ce sont mes compatriotes. Mais voilà, je suis revenu dans mon pays natal. Je souhaite que vous aussi, vous puissiez un jour revenir dans votre pays et votre ville, Saigon. »

À ce moment, Mark Oliver arriva en compagnie d'une belle jeune femme, grande et brune. J'avais déjà lu un article sur cette femme dans une revue. C'était une photographe française réputée pour ses photos de guerre. Elle avait été mannequin. Bunlong et moi les saluâmes de loin d'un signe de la main. Je me disais que Mark était avec une collègue, mais je sentis gonfler en moi une bouffée de jalousie injustifiée. Il passerait sans doute quelques jours avec cette belle photographe pour lui montrer le Cambodge. Je détournai vite la tête, masquant le vague à l'âme qui m'envahit comme une marée.

## 19

Lorsque j'avais le vague à l'âme, je me replongeais dans mon passé à Saigon. Je me voyais sur une photo en noir et blanc, en compagnie de trente-huit autres élèves en classe terminale, souriante à côté de notre professeur de français au lycée Marie Curie. Pendant sept ans, j'allais à pied chaque matin au lycée et j'entrais par une porte latérale avec plus de deux mille autres élèves. Pour y être admis, il fallait réussir un examen d'entrée en sixième. Je ne savais pas encore qu'à l'âge de onze ans, la réussite de cet examen d'entrée au lycée Marie Curie serait déterminante pour le restant de mes jours. J'avais hâte à chaque rentrée de classe pour retrouver mes amies, après de longs mois de vacances. Je n'allais nulle part l'été en raison de la guerre qui faisait rage autour de Saigon. Là, dans ce lycée, j'avais le sentiment d'être protégée par ses hauts murs et ses grands arbres du monde si cruel dehors. Nous y étudions Molière, Verlaine et Baudelaire, alors qu'à l'extérieur des manifestations contre le gouvernement, de plus en plus fréquentes, furent réprimées dans la violence.

Sur cette dernière photo de classe, trente-huit élèves, trente-huit vies qui allaient se séparer pour vivre trente-huit destins différents. Je me souvenais de chacune de mes camarades de classe, de leurs rires fusant dans l'air comme une nuée de moineaux, mais aussi de leurs larmes silencieuses dans un coin de la cour de récréation. Cette année-là, il y avait de l'excitation dans l'air. Nous étions fébriles, car à la fin des études, les épreuves du bac nous attendaient. Nous avions été invitées à entendre un parent d'élève qui racontait l'histoire de son fils que nous connaissions tous. Tuân, un ancien élève du lycée, parce qu'il n'avait pas réussi son bac l'année précédente alors qu'il avait dix-huit ans, devait rejoindre immédiatement l'armée. Le président Thiêu décréta à l'époque une mobilisation générale des hommes de 16 à 50 ans, autant dire la plupart des hommes valides du Sud Viêt-Nam. Cependant, les étudiants qui étaient admis à l'université bénéficiaient d'un sursis de quelques années, le temps de finir leurs études. Notre camarade Tuân était mort sur le champ de bataille quelques mois plus tard. Ce père parlait de la perte de son fils avec un léger sourire comme s'il voulait nous ménager. Il nous avait ensuite encouragés à bien étudier et à réussir le bac. Le jour où j'ai vu mon nom sur la liste des bacheliers du lycée Marie Curie était certainement le plus beau de ma vie.

C'était la fin de l'été et le flamboyant au coin ma rue éclatait de beauté. Ses branches s'étalaient horizontalement et se couvraient d'immenses fleurs rouge orangé. On dirait un dragon qui, couché sur le dos, soufflait des langues de feu. Parce qu'il fleurissait au début de l'été, le flamboyant était le symbole des lycéens et de la fin des classes. La fin de l'innocence aussi, sans doute.

J'avais quitté les rivages de mon adolescence à Saigon pour être projetée à l'étranger. J'avais à peine dix-huit ans lorsque je m'embarquai dans un avion d'Air France pour un grand voyage à destination de Paris. J'étais si jeune et je ne parvenais pas encore à prendre la mesure des choses. Je ne savais pas que je ne reverrais pas ma mère et ma ville Saigon pour une très, très longue période.

## 20

« Saigon et Phnom Penh, c'est le destin commun de deux villes sœurs d'un très ancien royaume. Quand quelque chose arrivait à Phnom Penh, il y avait une conséquence immédiate sur Saigon... », disait Mark Oliver. L'évacuation de Phnom Penh était en quelque sorte une grande répétition de ce qui s'en venait à Saigon.

Je vivais les événements du 30 avril 1975 à Saigon par procuration comme tous les exilés. J'intériorisais les images de ce jour fatidique projetées sur tous les écrans de télévision du monde. Je revoyais dans mes rêves ce ballet aérien d'hélicoptères semblables à un essaim de libellules géantes jaillissant dans le ciel argenté de Saigon. Ce ballet silencieux mille fois répété repassait dans ma tête comme dans un film au ralenti. Des images de milliers de Vietnamiens qui, aux dernières heures d'agonie de Saigon, prirent d'assaut les grilles de l'ambassade américaine. Des familles entières avec leurs enfants et leurs baluchons essayant de fuir la guerre qui était aux portes de la ville. Des images de gens apeurés comme on en voyait dans toutes les guerres du monde. Les faubourgs de la ville étaient bombardés. Les rues menant à l'aéroport Tân-Son-Nhât étaient jonchées de casques et d'uniformes militaires d'une armée sud-vietnamienne en fuite.

La veille, les Américains avaient diffusé tous les quarts d'heure un message codé à l'intention de leurs ressortissants par la radio de l'armée américaine : « Il fait quarante degrés et la température ne cesse de monter ». Oui, justement, elle ne cessa de monter. Avait ensuite suivi la chanson « Noël blanc » chantée par Bing Crosby : *I'm dreaming of a white Christmas*... À ce signal, les derniers Américains encore à Saigon se rendaient à des endroits convenus pour être amenés dans l'enceinte de l'ambassade des États-Unis. Au début, l'ambassade voulait faire évacuer ses ressortissants par avion, mais l'aéroport de Tân-Son-Nhât, endommagé, devenait inopérant. On avait décidé d'organiser un pont aérien par hélicoptères en partance de plusieurs endroits, y compris de l'ambassade située au centre-ville de Saigon. L'opération portait un beau nom : *Frequent Wind* ou Grand Vent. Devant l'ambassade américaine transformée en vraie forteresse, des Marines en tenue de combat, mitraillettes au poing, avaient repoussé la foule de Vietnamiens à coups de pieds et à coups de poing. Ils avaient écrasé à coups de crosse de fusil les doigts de ceux qui avaient tenté de grimper sur la grille. Ils avaient empoigné des ressortissants occidentaux par le col pour les hisser par-dessus le mur. Une femme vietnamienne, désespérée, avait tendu son bébé à un Marine en l'implorant de le prendre.

Des Vietnamiens payaient à prix d'or un laissez-passer, une lettre de recommandation ou un contrat de mariage. Pour cela, ils étaient prêts à échanger leurs terres, leurs maisons et leurs vertus pour une promesse de liberté. Ils étaient tous là, devant la lourde grille de l'ambassade américaine, agitant un petit bout de papier illusoire. Un homme, bousculé par les gens, avait laissé tomber une valise remplie de piastres qui ne lui serviraient plus. Et la foule s'était précipitée pour les ramasser. D'autres réfugiés se trouvaient déjà sur le toit de l'ambassade et s'étaient frayé un chemin comme une longue file de fourmis laborieuses jusqu'aux hélicoptères trépidants, leurs rotors décrivant de grands cercles dans l'air surchauffé. Nul visa n'était requis pour fuir cette ville devenue un enfer.

L'ambassadeur américain avait attendu jusqu'au moment ultime pour monter dans un hélicoptère. Vingt-quatre heures plus tôt, malgré les pressions de Washington, il refusait encore d'admettre que c'était fini. Finalement, il était parti, impassible, la bannière étoilée bien pliée sous son bras. Les derniers Marines qui gardaient la grille d'entrée avaient sauté dans le dernier hélicoptère qui s'était éloigné à toute vitesse. Il était aux environs de huit heures du matin. Les premiers chars d'assaut nord-vietnamiens entrèrent dans Saigon quelques minutes plus tard. L'opération Grand Vent venait de se terminer, laissant dans l'enceinte de l'ambassade, autour de la grande piscine, plus d'un millier de Vietnamiens éberlués qui espéraient encore un miracle venu du ciel. Les États-Unis d'Amérique venaient de quitter Saigon. Comme les Français avant eux qui avaient perdu cette « putain de guerre », les Américains pouvaient dire adieu à cette « sale guerre » qu'ils avaient sans doute sous-estimée.

De haut, les réfugiés du ciel avaient contemplé dans un tourbillon les maisons et les terrasses de Saigon ainsi que ses grandes artères vides. Ils avaient aperçu avec nostalgie la rivière de Saigon sans la frénésie de bateaux, de péniches et de sampans. Là-bas, les arroyos de Cholon s'entremêlaient comme des labyrinthes. Plus loin, lorsque les hélicoptères avaient pris de l'altitude, ils avaient vu le delta du Mékong avec sa mosaïque de rizières. Vite, aspirer une dernière fois une bouffée d'air humide au-dessus du miroir de jade. Vite, regarder une dernière fois ce paysage gorgé d'eau dont la couleur ocre se mêlait avec le brun de la terre. Et ensuite, les neuf embouchures du Mékong qui aboutissaient à la mer de Chine méridionale. Vite, plonger dans cette mer douce pour oublier l'immense douleur d'avoir été arrachés du ventre de cette terre maternelle. L'hélicoptère avait fait une courbe comme pour saluer une dernière fois ce pays, « Terre et Eau Viêt-Nam ».

Ne plus penser au Têt, la nouvelle année lunaire, aux vêtements neufs, et surtout aux petites enveloppes rouges remplies d'argent. Ne plus se souvenir du goût des belles tranches de pastèque à la chair rouge aux pépins noirs. Ne plus s'occuper des tombeaux des ancêtres le Jour des Âmes errantes. Ne plus sentir cette odeur d'encens et de jasmin provenant de l'autel des ancêtres. Faire abstraction de ces mille et une choses qui avaient tissé toute une vie, ces mille et une joies et peines qui faisaient que la vie méritait d'être vécue. Oublier maintenant à tout jamais que l'on avait vécu dans ce pays. Partir sans laisser de traces comme une mort sans sépulture. Car demain serait ailleurs. Demain serait là-bas, sur le porte-avions américain *USS Midway,* qui croisait au large. Et il y aurait une vie à refaire.

## 21

En bas, sur la terre ferme, des gens de Saigon étaient timidement sortis dans les rues vides. Certains portaient le drapeau rouge et blanc à l'étoile jaune du Gouvernement Révolutionnaire Provisoire. D'autres, plus hardis, avaient brandi le drapeau rouge frappé de l'étoile jaune du Nord Viêt-Nam sur leurs motocyclettes. Le drapeau du Sud Viêt-Nam, jaune avec trois bandes rouges, avait disparu comme par miracle. Au milieu de cette foule, j'avais retenu une insolite image à la télévision : une jeune fille au visage angélique, vêtue d'une tunique blanche de lycéenne, bandeau rouge au poignet, brandissait un gros pistolet vers le ciel.

Saigon était en deuil et en même temps en fête. Les Saigonnais s'étaient préparés à accueillir leurs nouveaux maîtres, des hommes en uniformes verts et aux sandales taillées dans des morceaux de pneus, des sandales « Hô-Chi-Minh ». Pauvre peuple de caméléons qui avaient changé la couleur de leur peau pour survivre. Ils ne faisaient que répéter une pièce de théâtre qu'ils avaient eu l'habitude de jouer à tellement de reprises au cours des années, avec pour spectateurs, des Chinois, des Français, des Japonais et des Américains. Cette fois-ci, c'était une nouvelle représentation pour leurs compatriotes du nord. Les mouvements de la foule étaient imprévisibles. Un moment, des bras s'étaient tendus en signe de bienvenue, et en une fraction de seconde, ces mêmes bras s'étaient changés en salut socialiste, poings serrés pointés vers le ciel. Saigon s'était mise en veilleuse, comme si elle respirait à peine pour ne pas se faire remarquer.

J'imaginais Mark Oliver respirant à peine lui aussi en compagnie d'une poignée de photographes et de journalistes qui attendaient le jour de la libération de Saigon. Il était l'un des rares photographes étrangers à s'être trouvé sur le perron du Palais présidentiel ce jour-là. Mark avait entendu des bruits sourds des chenilles raclant les rues et vu venir les premiers blindés nord-vietnamiens. Un char d'assaut s'était résolument avancé vers la grille du Palais présidentiel, symbole honni du pouvoir sud-vietnamien. L'œil fixé sur l'objectif, Mark avait cliqué sur son appareil photo. Il venait de prendre une photo exceptionnelle : celle d'un immense char d'assaut T-54 soviétique numéro 843, chargé de soldats lourdement armés, défonçant la lourde grille du Palais présidentiel de Saigon.

Un soldat nord-vietnamien armé d'un fusil avait foncé vers Mark et lui avait fait signe de ne pas prendre de photos. Quand le soldat s'était retrouvé en face de lui, Mark avait lâché son appareil photo et lui avait crié, les deux bras en l'air : « *Báo-Chí ! Báo-Chí !* Presse ! Presse ! » Il avait répété des centaines de fois dans sa tête ces deux mots en vietnamien avec les deux accents toniques, *Báo-Chí,* en attente de ce moment. Le jeune soldat avait reculé d'un pas tout en pointant son fusil sur Mark. En serrant les dents, Mark avait repris son appareil et pris d'autres photos de vainqueurs et de vaincus en larmes.

« À ce moment précis, raconta Mark, j'avais juste une seule pensée, prendre des photos, coûte que coûte. Je l'avais, ma photo symbolique de la fin de la guerre du Viêt-Nam. J'avais attendu si longtemps ce moment historique. J'avais une pensée pour tous les Vietnamiens : Dieu soit loué, la guerre était terminée ! J'avais aussi une pensée pour mes collègues photographes tombés sur le champ de bataille, Henri Huet qui était passionné par son pays natal et Larry Burrows qui voulait tellement prendre des photos du Viêt-Nam finalement en paix. »

Un colonel nord-vietnamien était descendu du blindé et avait promptement ordonné à Mark de lui présenter ses papiers. Il avait obtempéré en lui montrant sa carte de presse où le mot Australie était imprimé en gros caractères. Il lui avait remis en même temps une carte professionnelle avec son adresse à l'hôtel Continental et avait répété en se pointant du doigt : « *Báo-Chí ! Báo-Chí !* » L'officier avait examiné attentivement sa carte de presse. Les bras ballants, Mark avait prié en son for intérieur. « Êtes-vous Américain ? » lui avait demandé l'officier. Mark avait répondu instamment : « Non ! Je suis Australien. » Le colonel l'avait fixé pendant quelques secondes, ces quelques secondes qui avaient duré une éternité pour Mark. « Seigneur, se dit Mark, je suis Australien et non Américain ! » Un brouhaha s'était fait du côté du Palais présidentiel et le colonel avait détourné son regard. Puis, il lui avait remis sa carte de presse avec un petit salut de la tête et un léger sourire. Le colonel avait rappelé le soldat auprès de lui et les deux s'étaient avancés d'un pas ferme vers le Palais présidentiel où d'autres affaires plus urgentes les attendaient : la reddition sans condition du Sud Viêt-Nam.

La République du Viêt-Nam ou le Sud Viêt-Nam, né le 26 octobre 1955, disparut à jamais le 30 avril 1975 après vingt ans d'existence. J'ai vécu dix-huit ans dans ce pays soutenu par les États-Unis dans le but de contrer le communisme dans cette partie du monde et maintenant, de guerre lasse, abandonné par eux. Ensuite, le nom de Saigon fut officiellement remplacé par Hô-Chi-Minh, en l'honneur de « Celui qui éclaire ».

## 22

« Kim, est-ce que je peux me joindre à vous ? demanda Michael Clark.
– Oui, bien sûr. Bonsoir Michael ! » dis-je.

J'étais seule sur la terrasse tout en bois de teck de notre hôtel à Phnom Penh. Michael tira une chaise et posa sa bière sur la table. J'avais besoin d'entendre parler de Mark Oliver. Michael m'expliqua qu'au plus fort de la guerre du Viêt-Nam, Saigon était l'endroit à la mode où tous les journalistes et les photographes qui voulaient se faire un nom devaient se trouver. Plusieurs se comportaient comme des vedettes après quelques courts séjours. À la différence de ces m'as-tu-vu, Mark n'essayait pas de briller et, pourtant, briller, c'était l'apanage de ce métier où le paraître était important. Dans un domaine où la compétition était féroce et où la photo « exclusive » prédominait, Mark demeurait modeste malgré une grande expérience du terrain. Étonnamment, il partageait de bon cœur l'information qu'il avait à sa disposition.

« Mark partageait avec moi ce qu'il savait, dit Michael. Aux journalistes chevronnés en transit, aux écrivains de renom en quête d'inspiration, aussi bien qu'aux jeunes photographes cherchant leur voie, il avait toujours un petit conseil à donner. Si ceux-ci lui demandaient sa propre analyse sur tels ou tels événements, il n'hésitait pas à exposer ses idées. »

Michael raconta qu'en plus de vingt-cinq ans de couverture en Asie du Sud-Est, Mark emmagasinait bien des expériences. Il connaissait beaucoup de monde, des nobles aux humbles, des grands aux petits : politiciens, généraux, ambassadeurs, diplomates, conseillers militaires, espions, hauts fonctionnaires, commerçants, restaurateurs, portiers, serveurs, chauffeurs de taxi et, au bas de la chaîne, filles de bars, mendiants et éternels petits *nho*, gosses de la rue. À Saigon, il avait un réseau de contacts qu'il cultivait avec le plus grand soin, par nécessité, mais aussi par curiosité de la nature humaine. Chacun de ces contacts pouvait lui apporter des informations utiles qu'il notait mentalement pour les recouper après et en faire sa propre synthèse. Des commerçants chinois de Cholon connaissaient exactement les prochains fronts de guerre grâce aux transports de riz dont ils avaient le monopole. Des chauffeurs de taxi connaissaient parfaitement l'état de la route vers l'aéroport de Saigon, s'il y avait des blocages ou non sur les routes nationales en raison des convois militaires.

Mark pouvait passer des heures à l'hôtel Caravelle, hôtel de choix des Américains, à bavarder avec un barman vietnamien qui savait quelles « grosses patates américaines » allaient coucher en ville ce soir. Il pouvait aussi bien passer des heures à siroter quelques doubles Scotch et à demander à ce barman des nouvelles sur sa famille et ce qu'il pensait de la vie tout simplement.

« Si Mark Oliver partageait l'information, il ne révélait jamais à quiconque son programme de travail, dit Michael. Mark préparait soigneusement ses reportages photographiques pendant des jours et notait tous les contacts utiles dans un petit carnet de son écriture serrée et penchée. Il nettoyait avec soin ses équipements et remplissait sa sacoche de rouleaux de film. Puis, il disparaissait pendant des jours. »

Mark prenait des photos sur le vif, de l'histoire qui était en train de se faire. Il rapportait la guerre qu'il voyait à travers son appareil photo de la façon la plus honnête et la plus objective possible. Lorsqu'il sortait d'une zone de combat, même ses amis les plus proches ne savaient d'où il revenait. Quand ils le voyaient prendre une bière dans un petit bar sombre de la rue Tu-Do, les cheveux ébouriffés, la barbe non rasée, les yeux rougis par l'insomnie, alors ils étaient soulagés. Personne ne lui demandait d'où il sortait. Par habitude, on ne lui posait pas de questions. On se contentait de lui offrir une autre bière.

Mark pouvait être rigolard lorsqu'il se trouvait avec une bande de photographes, comprenant quelques « durs à cuire » qui se réunissaient chaque soir pour un apéritif à la terrasse du Continental. C'était un homme entier dans un milieu d'hommes lorsqu'il s'agissait de boire un bon verre pour oublier le monde fou qui tournait trop vite dehors. L'amitié était précieuse dans cet environnement à risques et Mark avait acquis quelques amis pour la vie. Il avait en réserve des histoires drôles à raconter avec son bel accent britannique. Il aimait gagner : au tennis, aux courses, aux paris. Et quand il avait eu gain de cause, il avait ce sourire modeste, un petit sourire signifiant aux autres : « Je vous l'avais dit ! » Un petit sourire qui lui rappelait à lui-même que finalement, tout cela n'était pas si important.

Taquin, rieur, ironique de temps à autre après quelques verres, Mark n'était jamais cynique. « On ne peut jamais être cynique, car la guerre est tellement tragique. C'est une source de destruction et de souffrance », disait-il. Certains soirs où la vie frappait plus durement, Mark était triste et silencieux. Il était comme un animal blessé, tapi dans l'ombre. Michael se sentait impuissant, car il ne parvenait pas à sortir son ami de cet état de désespoir. Par exemple, un soir en 1971 où deux photographes chers à Mark, le Britannique Larry Burrows et le Franco-Vietnamien Henri Huet, furent portés disparus lorsque leur hélicoptère fut abattu près de la frontière laotienne. « *Never mind !* Ne t'en fais pas ! lui avait dit Mark. Ça va passer ! »

« Mark semble être heureux ces jours-ci, souffla Michael. Je ne l'ai jamais vu aussi serein. J'ai l'impression que c'est grâce à vous. Prenez soin de lui, il en a bien besoin ! »

## 23

En traversant le jardin ombragé de notre hôtel à Phnom Penh où la plupart des visiteurs étrangers étaient logés, je vis Mark Oliver dans le lobby en train de converser avec quelques journalistes. La belle photographe française était à ses côtés. Ils devaient sans doute partir en reportage. Nos regards se croisèrent mais il détourna la tête. Pendant quelques secondes, je souffris de cette indifférence comme d'une blessure physique. Mon château de cartes avec ses labyrinthes de sentiments s'effondra d'un coup. Je me retrouvai abominablement seule. Seule avec une insoutenable impression de m'être trompée. Seule avec un goût de fer dans la bouche. Pourquoi avais-je ressenti ce regard indifférent comme une blessure brûlante, comme un immense malentendu ? Mais enfin, qu'étais-je allée chercher ? Qu'espérais-je de ce photographe de guerre qui, de toute évidence, adorait son métier et sa liberté ?

Je hélai un cyclo-pousse et me fit conduire sur le boulevard Norodom jusqu'au Vat Phnom, la Pagode sur la colline, l'endroit le plus ancien de la ville. Au XIV$^e$ siècle, *Daun Penh* ou Dame Penh, une femme très riche qui habitait à cet endroit, trouva un arbre *koki* gigantesque qui dérivait sur le fleuve. À l'intérieur de cet arbre au bois précieux, elle trouva des statues de Bouddha en bronze et en pierre. Dame Penh et les habitants aux alentours édifièrent une petite colline et une pagode dans laquelle elle plaça ces précieuses statues. Une cérémonie solennelle fut organisée à la fin des travaux et la pagode abrita des bonzes venant de tout le Cambodge. La colline portait le nom de

*Phnom Daun Penh*, la Colline de Dame Penh ou Phnom Penh, la capitale du Cambodge depuis le XV$^e$ siècle.

Je montai un escalier bordé de nagas en grès beige en comptant automatiquement les cent marches menant à une petite pagode. Du haut de la colline où se dressaient des banians millénaires, il régnait une telle tranquillité que les visiteurs laissaient derrière eux leurs problèmes. Comme le chagrin dans mon cœur était si peu en harmonie avec ce paysage paisible. Un oiseau moqueur sur une branche riait de ma peine. À l'intérieur de la pagode, des fidèles priaient, formulaient des vœux et présentaient leurs offrandes. Je brûlai des bâtonnets d'encens et allumai des cierges. Je regardai longuement brûler les petites flammes vacillantes. En posant un collier de fleurs de jasmin sur une statue du Bouddha, je ne savais plus quelle prière réciter. Parmi les pèlerins, il y avait un homme agenouillé, les mains jointes au front, dans une profonde concentration. C'était Bunlong. Je décidai de l'attendre à la porte de la pagode.

« Cet endroit est superbe, n'est-ce pas ? Quelle paix et quelle sérénité ! » dis-je à Bunlong.

Nous fîmes ensemble sept fois le tour de la pagode en comptant nos pas en silence. Des bonzes descendirent la colline en file indienne pour commencer leur quête quotidienne. Le bouddhisme est la religion de la majorité des Cambodgiens. C'est la branche *Theravada*, terme en pali signifiant la Doctrine des Anciens, qui est pratiquée au Cambodge. Cette branche suit la doctrine originelle du Bouddha considéré comme un chef spirituel et non un dieu. Les bouddhistes cherchent à accéder eux-mêmes à la délivrance en pratiquant la discipline morale, la concentration et la sagesse.

Nous contemplâmes de loin des femmes khmères agenouillées au bord de la route au passage des moines. Elles remplissaient respectueusement du riz gluant et des légumes cuits dans les bols des moines. Ceux-ci mangeaient ce qu'ils recevaient chaque jour de la population. Donner à manger aux moines, distribuer de l'aumône aux pauvres, faire des prières dans des pagodes et célébrer les fêtes religieuses sont différentes façons de faire le bien. Les bouddhistes croient que plus on gagne de mérites dans cette vie, meilleure sera l'incarnation prochaine.

« Je peux maintenant prier en toute quiétude pour les miens sur ma terre ancestrale, murmura Bunlong. J'ai tellement rêvé à ce moment. Je me sens un peu plus détaché de la souffrance maintenant. Je vais consulter un moine. Voulez-vous venir avec moi ? Je vous traduirai son enseignement ! »

Nous nous dirigeâmes vers une terrasse en bois du Vat Phnom où un vieux bonze assis par terre psalmodiait une prière en égrenant un chapelet et en frappant de temps à autre sur son gong. Bunlong parla au bonze en khmer. Le vieux sage relata la vie de Bouddha et récita son enseignement d'une voix mélodieuse.

Siddharta Gautama, né au VI$^e$ siècle av. J.-C. au nord de l'Inde, près de la frontière du Népal, était un prince héritier du clan Sakya des nobles guerriers. On l'appelait aussi Siddharta Sakyamuni, le « sage de Sakya ». Un jour en se promenant, il rencontra un vieillard accompagné d'un malade et vit une procession de funérailles pour un mort. Le prince comprit que sa richesse le protégerait de la misère, mais jamais de la vieillesse, de la maladie et de la mort. À vingt-neuf ans, il partit vers le Gange pour trouver une façon de soulager la souffrance de son peuple. Il mena une vie d'ascète dans la solitude pendant six ans. Il entreprit une grande méditation, assis sous un arbre *bodhi*, l'arbre de l'intelligence, qui devait le conduire à l'éveil. Il acquit alors la compréhension totale de la nature et des causes de la souffrance humaine et des étapes nécessaires à son élimination. Les disciples de Siddharta lui donnèrent pour titre Bouddha, « une personne ayant atteint l'éveil ou le nirvana, un état d'illumination, par sa sagesse ». Bouddha fonda la communauté des moines bouddhistes pour perpétuer son enseignement. Avant de mourir à l'âge de quatre-vingts ans, il dit à ses disciples : « L'impermanence est la loi universelle. Travaillez à votre propre salut. »

Au cœur de l'enseignement du Bouddha se trouvent quatre nobles vérités : toute forme d'existence est par nature pénible ; l'origine de la souffrance est la vision erronée des choses qui entraîne le désir ; la cessation de ce désir conduit à l'éveil ; l'éveil peut être réalisé en développant l'éthique, la concentration et la sagesse. En raison de la nature impermanente de la vie, tout bouge, tout change, les êtres comme les sentiments. Rien ne dure à l'exception de l'éternité. Par conséquent, la vie est souffrance pour le corps et pour l'âme. La naissance est douleur, la maladie est douleur, la vieillesse est douleur, la mort est douleur. L'origine de la souffrance est l'ignorance de la véritable nature de l'homme, ignorance qui nous conduit dans une quête incessante de plaisir et de bonheur pour satisfaire nos désirs. Il faut renoncer au désir pour parvenir à la sérénité de l'âme et, ainsi, supprimer la souffrance. Il faut renoncer au plaisir des sens, car il est relatif, changeant et éphémère. Par la méditation, les disciples du Bouddha rassemblent leur pouvoir et par la sagesse acquise, tranchent leurs passions. En étant impassibles de toute chose, ils sont libérés de la souffrance.

Je savais pertinemment que je souffrais à cause de ce seul et unique désir pour Mark Oliver. L'obsédant désir de l'autre. Je désirais posséder un peu l'autre par la pensée, voler un peu de son espace secret, m'immiscer dans son univers et m'approprier un peu de son âme. Selon l'enseignement du Bouddha, il me fallait renoncer à ce désir. Faire comme s'il n'y avait rien eu entre nous deux. Faire comme s'il n'y avait eu aucun regard, aucun sourire. Aucune parole, aucune pensée. Alors, il n'y aurait plus aucun souvenir, aucune nostalgie. Il fallait que j'oublie cette fascination de l'autre. Il fallait que je renonce à cette envie de lui du matin au soir, à n'en plus manger et à n'en plus dormir. Mais en même temps, je constatais avec consternation que j'allais bientôt vivre les prochains jours, les prochains mois, vides, sans son regard, sans son sourire. Avec pour seule compagnie, la nostalgie qui ne me lâcherait plus comme une deuxième peau.

À la sortie de la pagode, Bunlong acheta une cage en bambou dans laquelle se trouvaient deux colombes blanches. Il me la donna pour que je libère les oiseaux. Ce geste nous soulagerait de la souffrance.

« Nous allons libérer les colombes ensemble, dis-je. Tenez la cage, je vais ouvrir la porte. Nous allons faire un vœu tous les deux. »

Les colombes retrouvèrent leur liberté et s'élancèrent dans les airs dans un battement d'ailes. Elles firent deux fois le tour de la pagode avant de disparaître dans le ciel bleu. Je ne savais pas quel était le vœu de Bunlong, mais moi je priais pour la paix au Cambodge.

« Savez-vous que ces colombes retourneront dans leur cage ? Elles sont dressées comme des pigeons voyageurs pour revenir au même endroit.

– Mais c'est encore mieux, Bunlong ! Au moins, ces colombes sont des messagères expérimentées.

– C'est juste pour vous voir sourire. Voilà, c'est fait ! » dit Bunlong.

## 24

Je vivais mes derniers jours de travail au Cambodge, l'esprit vide. Je regardais les gens et les choses avec une certaine distance et réserve. Je continuais à assister à des réunions, mais avec un certain détachement. Comme si je me mettais sur un mode de pilotage automatique pour remplir mes fonctions professionnelles, alors que mon « moi » intérieur se refusait obstinément de faire face à la réalité. Je me réfugiais dans mon jardin secret et cultivais le souvenir de Mark Oliver comme on cultivait une orchidée rare. Avec l'espoir qu'un jour, elle donnerait une fleur unique et superbe. Penser, toujours s'efforcer de penser à lui pour recoller les morceaux du souvenir, pour reconstruire le sens de ce regard. Au fond de chacun, réside un désir immense, un besoin d'absolu. Et on ne peut renier un petit brin d'espoir. Mais avec un peu de distance, tout m'était devenu aussi irréel et inaccessible que les temples lointains. Avais-je rêvé à tout cela ? Dans un éclair de conscience, je fus frappée par l'importance démesurée que prenait la présence de cet homme dans ma pensée et par la futilité de la situation.

Le dernier soir à Phnom Penh, Bunlong m'invita au théâtre pour voir un spectacle de ballet classique. De jeunes danseuses khmères exécutaient une danse traditionnelle. C'était en fait une classe du Ballet royal de la princesse Buppha Devi, une des filles du roi Sihanouk. La princesse continuait l'œuvre de sa grand-mère en formant de jeunes danseuses khmères. Je me laissais bercer par un spectacle de couleurs, de sons et de lumière envoûtants. À la fin du ballet, comme nous sortions de la salle, le directeur du théâtre glissa quelques mots à l'oreille de Bunlong. Celui-ci m'entraîna rapidement vers la sortie.

« On ne sait pas encore trop ce qui se passe, mais il y a des véhicules blindés au centre-ville de Phnom Penh. C'est peut-être un coup de force. C'est plus prudent pour vous de rentrer tout de suite à l'hôtel », dit Bunlong.

Alors que nous nous précipitions vers la porte de sortie, je pensai soudain à la façon dont Bunlong prononçait le mot Phnom Penh. Non pas un *Phe-Nom Penh* étiré comme la plupart des étrangers, mais un très bref *Nom-Peng*. J'aimais la façon dont il prononçait *Nom-Peng*. « Phnom Penh, belle ville de Dame Penh, me dis-je, voilà le destin qui vous rattrape de nouveau ». Le chauffeur venait à peine de contourner le Monument de l'Indépendance pour se diriger dans une ruelle vers mon hôtel, lorsque nous aperçûmes devant nous un mur infranchissable constitué par deux chars d'assaut. Des soldats armés jusqu'aux dents étaient en position d'attaque. Nous nous baissâmes vivement la tête, nous faisant tout petits. Bunlong dit tout bas au chauffeur :

« Tournez vite à droite, à droite ! »

Sous l'effet de la surprise, le chauffeur freina brusquement. Les soldats braquèrent leurs mitraillettes sur le véhicule en nous faisant signe de nous arrêter. J'entendis des cris et des ordres brefs.

« Tournez à droite, dans la ruelle ! Vite ! » pressa Bunlong.

Le chauffeur reprit son sang-froid, fit marche arrière, s'éloigna rapidement des deux chars d'assaut, contourna le Monument de l'Indépendance et poussa plein gaz dans une rue secondaire. « Vite, éloignons-nous des militaires ! » dis-je à Bunlong. Le reste du trajet se fit dans un silence total. Plus personne n'avait envie de parler à l'intérieur du véhicule tant nous étions crispés.

« Votre avion décollera demain à huit heures pour Bangkok, n'est-ce pas ? Nous viendrons vous chercher très tôt, à cinq heures précises. Espérons que l'aéroport ne sera pas fermé et qu'il n'y aura pas de problème. En tout cas, il vaut mieux être à l'aéroport le plus tôt possible ! » dit Bunlong, en me déposant devant la porte barricadée de l'hôtel où veillaient deux gardiens aux aguets.

Je demandai à la jeune réceptionniste cambodgienne s'il y avait un message pour moi. Mais un simple coup d'œil m'indiqua que ma boîte aux lettres était vide.

« Êtes-vous sûre ? Y a-t-il un message par télécopie ?

– Je suis désolée. Il n'y a pas de message pour vous.»

Tout en bouclant ma valise, un chagrin sourd s'empara de moi. De mon exil doublement intérieur vers lequel je m'approchais à grands pas, je savais que tout était maintenant trop tard. L'Amérique me rappelait impétueusement près d'elle et je m'éloignais de l'Asie, loin de ce continent, loin de Mark, sans avoir pu capter cette lueur dans ses yeux. Au plus profond de mon être subsistait l'espérance d'un refuge de l'insolite, d'une rupture avec le conforme, d'un saut hors du commun vers l'authentique. Il n'y avait jamais rien eu, il ne s'était rien passé. L'instant n'était magique que pour moi seule. L'inattendu n'avait pas de place dans ce monde. Et cette constatation m'était insupportable, car elle me forçait à reconnaître l'indifférence de ce photographe de guerre à mon égard. D'un seul coup, tout ce que j'avais entrepris au cours de ce voyage me semblait dénudé de tout sens.

## 25

À mon retour au Canada, ce pays que Mark Oliver aurait qualifié de trop froid, trop ordonné et trop vide, comparé à la chaleur, au désordre et au surpeuplement de l'Asie, ma vie avait changé. Tout ce qui constituait ma vie antérieure et que j'aimais le plus, mon travail et mes voyages, était devenu une corvée. Parfois, je me demandais comment j'avais pu vivre avant cette rencontre, libre et légère, sans ce photographe de guerre constamment dans mon esprit. Pourtant, l'automne au Québec était une saison que j'adorais. De mon logement dans la Petite Italie à Montréal, au troisième étage d'une maison en rangée, je percevais des coloris jaunes, rouges et bruns des érables qui ombrageaient ma petite terrasse. Comme si les arbres se pressaient pour déployer cette avalanche de couleurs pour me consoler, un dernier sursaut de vie avant de perdre leurs feuilles et d'entamer le long sommeil de l'hiver. Mon appartement qui offrait une vue sur le marché Jean-Talon toujours achalandé, était plus que jamais vide. Retrouver la paix de l'âme, même avec beaucoup de concentration, n'était plus possible. Je comprenais alors ce que c'était que de vivre avec une obsession.

Même mes lectures ne répondaient qu'à un seul but. Je découpais des articles susceptibles de me renseigner sur les actualités du jour dans cette région troublée de l'Asie du Sud-Est. Je lisais avidement les journaux pour en savoir un peu plus sur la situation politique des pays qu'il couvrait à partir de Phnom Penh. Avait-il parlé du Tibet, alors je dévorais tous les livres sur ce pays. Avait-il mentionné le bouddhisme tibétain, alors je cherchais à comprendre les enseignements des maîtres lamas. Si j'avais bien assimilé l'enseignement du vieux bonze du Vat Phnom, j'aurais alors compris qu'il ne fallait pas s'accrocher ni aux choses, ni aux êtres. Il fallait par contre regarder en mon « moi » intérieur et retrouver la sérénité. Mais cela, c'était au-delà de mes forces, c'était une autre histoire.

Parfois aussi, les jours de grand courage, je me disais que j'aimerais être une artiste pour dessiner son visage au fusain ou le peindre sur une toile. J'aimerais savoir sculpter pour modeler son buste dans de l'argile. Pour pouvoir caresser avec mes mains ses cheveux, son front, la courbe des sourcils, son nez, ses pommettes, l'ourlet de ses lèvres, son menton, la ligne de son cou. Modeler et remodeler encore et encore ses yeux, son nez, ses lèvres, son cou. Me familiariser avec le grain de sa peau, les petites rides de ses yeux, ses joues un peu rêches, un grain de beauté, là, sur la joue. Chaque ride et chaque irrégularité de son visage m'étaient chères. Toucher de mes mains ce visage qui renfermait des secrets, tout un monde inconnu, des contrées lointaines, des sommets himalayens, des océans sauvages.

J'apercevais parfois parmi la foule de piétons du marché Jean-Talon quelque chose de lui, une carrure, une nuque, un homme qui marchait à grands pas, une voix ou un accent. Tout me faisait penser à lui. Mais ce n'était que pure fabulation de mon imagination fertile. Je me demandais ce que je ferais s'il se trouvait là devant moi, par hasard dans la rue. Je m'imaginais marcher avec lui dans la foule du marché, devant les étals de pommes, de poires et de poivrons et prendre ensemble un thé à la menthe. Pour ne l'avoir rien que pour moi. Pour pouvoir le voir sourire. Pour effacer ce brin de tristesse dans ses yeux.

Pendant la nuit, mes pensées comme des lucioles savaient mieux où aller. Dans mes insomnies, je ressassais les images du passé. Je marchais encore et encore sur les dalles moussues du temple d'Angkor Vat. Et j'entendais de nouveau sa voix grave m'expliquant la signification des pierres et des êtres. Et les belles Apsaras sortaient de nouveau de leurs bas-reliefs et dansaient dans mon imagination. Et le serpent naga se transformait de nouveau en une très belle femme auprès du roi bâtisseur. Et les beaux visages des dieux géants des temples-montagnes aux yeux mi-clos réapparaissaient. Ils souriaient de leur demi-sourire énigmatique de ceux qui savaient et qui ne disaient rien.

## 26

Nous passons notre temps à désirer une autre vie que nous n'avons pas. Pourquoi ne savons-nous désirer que ce qui n'est pas à notre portée ? Pour la plupart des Vietnamiens, le 30 avril 1975 fut un point de rupture, une ligne imaginaire qui séparait deux vies : avant 1975 et après 1975. À la chute de Saigon, exilée, je me suis retrouvée du jour au lendemain « apatride », une personne sans patrie. Apatride, comme ce mot était lourd à porter. Une amie, Giao, une ancienne *boat people*, avait honte de son statut de « réfugiée ». Elle imaginait le regard un peu plus apitoyé des autres. Regard d'empathie ou regard de pitié. Mais, finalement, apatrides ou réfugiés, nous étions victimes de la même bêtise humaine.

Certains d'entre nous étaient d'éternels réfugiés comme de petits bernard-l'ermite, toujours obligés de trouver refuge dans les coquilles trop grandes des autres. Étrangers dans nos propres pays, nous étions obligés de vivre dans des pays d'emprunt. J'avais vécu cet état d'apatride comme un cauchemar. J'osais espérer qu'un matin, en me réveillant, ce ne serait plus qu'un mauvais rêve. Mais le cauchemar a persisté pendant des jours, des mois et des années. Pour ne plus être « sans patrie », il fallait persévérer, il fallait s'accrocher, il fallait se battre. Il fallait émigrer encore plus loin. J'étais partie pour l'Amérique.

La vie est une succession de petites secondes et il arrive une seule seconde où le destin tout entier se décide. J'avais compris, au seuil de la trentaine, avec un travail stable, que ma vie d'exilée venait de prendre une nouvelle direction et que désormais elle se trouvait entre mes mains. J'avais compris que j'étais seule responsable de mon bonheur ou de mon malheur, car personne d'autre ne porterait mon fardeau. Je me consacrais pleinement à mon travail. Mes relations sentimentales se faisaient et se défaisaient au rythme de mes migrations. Surtout, je n'étais pas prête à sacrifier mon indépendance si durement acquise. Mais quelque chose me manquait. Une certaine nostalgie de Saigon s'installait petit à petit dans mon cœur. Longtemps refoulée pour cause de survie, ma ville natale revenait dans mes rêves. De nostalgie, elle était devenue obsession.

Avant la rencontre avec Mark Oliver, j'allais doucement vers la quarantaine sans trop de souci, comme si la jeunesse allait m'accompagner tout au long de ma vie. À Fès au Maroc, dans un temple antique, alors que je marchais dans une galerie aux portiques et colonnes parfaitement symétriques, j'avais eu la soudaine impression que j'étais en train de franchir le couloir de ma vie. Je sentais intuitivement que les portes allaient définitivement se fermer l'une après l'autre derrière mon dos et qu'un retour en arrière n'était plus possible. Depuis cette rencontre, je constatai que mon travail n'occupait qu'une place secondaire et que, étrangement, cela m'était égal. Connaître la culture, l'histoire, la politique, comme tout cela avait moins d'importance. Par contre, connaître un peu mieux ce photographe de guerre, sa pensée et son être était pour moi essentiel.

Dans une galerie d'art à Montréal, j'admirais une exposition de kimonos japonais formant un tableau continu de paysages de mer et de montagnes. Les quatre saisons de la vie y étaient représentées, le printemps dans les couleurs vertes, l'été dans les tons dorés, l'automne dans les teintes orange, et l'hiver dans les nuances argentées. En contemplant cette magnifique peinture sur soie, je ne pouvais m'empêcher de ressentir un avant-goût de solitude, avec une insoutenable impression d'avoir vécu sans avoir reçu cette portion de tendresse qui me manquait. M'approchais-je de la fin de l'été ? Dévalerais-je bientôt la pente ? Ces questions me frappèrent comme une gifle au visage. Subitement, l'adrénaline retomba et je cessai d'être invincible. Je cessai d'être invulnérable.

À l'heure difficile du bilan, je me rendis compte que j'avais joué une bonne partie de ma vie à la femme indépendante. Alors, j'étais prise par le syndrome du « maintenant ou jamais ». J'étais hantée par des questions angoissantes : « Est-ce que quelque chose va encore m'arriver ? Est-ce que quelqu'un saura encore m'aimer ? » Il était vrai aussi que, pour la première fois, j'aimais Mark Oliver comme jamais je n'avais aimé auparavant, avec un certain désespoir. « C'est presque la fin de l'été... », me répétai-je. J'étais arrivée aussi à un âge où mon cœur était étreint par un besoin de chaleur et de tendresse.

J'imaginais une mer tranquille, un désert de sable immobile comme dans une carte postale. Ma sérénité extérieure, si elle paraissait, était une victoire superficielle sur le chaos que je portais en moi. Sous la surface calme du lac, tant de désirs se niaient et s'opposaient. C'était à l'intérieur de moi que la tempête grondait, que les choses se bousculaient, que se livrait le combat. C'était en moi que le désir s'allumait, oscillant et se rallumant, comme la flamme vacillante d'un phare dans la noirceur d'une mer agitée. Je voulais et, en même temps, ne voulais pas de ce désir violent qui, comme un torrent sauvage, m'entraînait au fond du gouffre. De ce désir qui, comme une mare opaque, me retenait pendant des nuits au fond vaseux d'un lac couvert de nymphéas jusqu'à m'étouffer. De cette passion qui m'exaltait et qui en même temps m'emprisonnait dans une cage de verre. Mais cet amour n'était-il pas solitude ? Personne ne pouvait souffrir à ma place.

Puis les jours passaient et je me disais que je finirais malgré moi par oublier Mark comme seul le temps pouvait faire oublier un gros chagrin. Il fallait donner du temps au temps. Je vivais pourtant dans une sorte d'attente sans trop forcer la main du destin. J'avais l'impression de rester immobile, alors que le reste du monde continuait de tourner. Je vivais au jour le jour de façon tellement provisoire, que je me demandais ce que j'attendais. Ma vie m'apparaissait comme une succession de semaines vides. Les désastres dans les quatre coins du monde, inondations, sécheresse et famine, qui nécessitaient des actions immédiates, occupaient la plupart de mes journées. Je me plongeais dans le travail pour oublier. Je ne quittais pas Montréal de peur de rater un signe de Mark. Et pourtant, ma boîte à lettres était désespérément vide. Aucun mot de lui. Je n'osais pas m'éloigner de mon appartement, de peur de manquer un coup de téléphone de lui. Mais aucun coup de fil ne me tirait de ma torpeur.

Je marchais pendant des heures sur la rue Saint-Laurent à Montréal devant des cafés bondés de gens. Marcher sous la pluie d'automne, marcher face au vent mauvais, marcher sur mes propres pas. Laisser les gouttes de pluie glaciales comme des milliers d'épingles me piquer le visage, écouter rugir le vent dans mon cœur comme une grande musique désordonnée. Comme dans *La Raillerie musicale* de Mozart où les notes sont toutes désaccordées. Je ne savais pas où j'allais, mais je savais ce que je voulais fuir. Fuir ce désir qui me collait comme une ombre et qui me traversait de part en part. Souvent, je me retrouvais dans un état de découragement extrême. Je me reprochais le temps perdu en vains espoirs et l'énergie gaspillée en chimères.

Peut-on appeler « passion », une passion à sens unique ? Cette passion est en porte-à-faux avec la réalité. Tout en sachant très bien que la passion ne dure pas, puisqu'elle ne peut pas durer. D'ailleurs, le mot « passion » vient de *passio* en latin, lequel signifie souffrance. Quel philosophe déjà a dit que la passion ne dure que parce qu'elle est malheureuse ?

27

L'avion d'Air France, au départ de Bangkok, prit la direction de Saigon devenue Hô-Chi-Minh Ville et survola la rivière de Saigon. Que d'espoirs déçus, que d'océans à traverser avant que je ne parvienne à obtenir, plus d'un an après mon voyage au Cambodge, une affectation au Viêt-Nam. Le pays commençait à s'ouvrir au reste du monde. Notre organisation humanitaire avait signé un accord de coopération avec le Viêt-Nam, ouvert un bureau principal à Hanoi et un bureau secondaire à Saigon. De là, je pouvais également couvrir le Cambodge. En effectuant un retour dans mon lieu d'origine, j'avais l'impression que j'allais à la rencontre de mon destin, un destin qui ne pouvait être ailleurs que sur cette terre jaune gorgée d'eau des moussons.

Je serrais dans ma main comme un objet précieux mon passeport et un visa d'entrée pour l'aéroport Tân-Son-Nhât avec un tampon en rouge de la République démocratique du Viêt-Nam.

« Veuillez boucler votre ceinture, nous amorçons notre descente vers Hô-Chi-Minh Ville… »

La voix de l'hôtesse de l'air me tira de ma longue rêverie. La rivière de Saigon avec ses courbes et ses eaux brunes se rapprochait à vue d'œil. L'avion atterrit sur une large piste qui avait servi jadis aux grands avions de transport de matériel *Hercules* américains. Je vis au loin d'anciens hélicoptères de combat bien protégés dans leurs hangars. Je pris une grande respiration et entrai dans l'aéroport. Au bout d'une trentaine d'heures de vols et d'escales, je foulai enfin le sol de ma ville, passablement fatiguée, mais excitée. J'avançai vers le comptoir de contrôle des passeports avec un creux dans l'estomac. Je présentai mes papiers à un responsable vietnamien au visage ferme. Il portait une casquette frappée d'insignes rouges et or. Il examina ma photo, ma signature et mon lieu de naissance : « Née à Saigon ». Une mention spéciale indiquait que je travaillais pour l'organisation Aide aux enfants au Viêt-Nam et au Cambodge. Le responsable des passeports appela son superviseur et les deux hommes réexaminèrent mes papiers avec soin.

« Vous êtes née à Saigon. Alors, vous êtes *Viêt-Kiêu* ? C'est la première fois que vous rentrez au Viêt-Nam depuis 1975 ? demanda le superviseur.

– Oui, Monsieur ! C'est la première fois », dis-je.

*Viêt-Kiêu* signifiait « expatriée vietnamienne ». Dans mon cas, une Vietnamienne qui avait vécu plus de vingt ans à l'extérieur du Viêt-Nam. Trop longtemps peut-être. Le responsable du contrôle des passeports me demanda ensuite d'un air sévère :

« Vous parlez encore vietnamien ?

– Oui, oui, bien sûr, je parle encore vietnamien, bafouillai-je.

– Je suis content de voir qu'une *Viêt-Kiêu* retourne au pays. Je vois que vous couvrez aussi le Cambodge. Vous êtes Vietnamienne, restez au pays, il y a assez de choses à faire ici ! »

Tous mes papiers étaient en règle. Il estampa vigoureusement mon passeport ainsi que les autres documents de douane.

« Passez ! Et bon séjour au Viêt-Nam ! » dit-il avec un large sourire.

Je tirai ma valise avec soulagement et volai vers la sortie de l'aéroport. Dans la rue, je fus submergée par la chaleur humide de Saigon, une odeur de pluie mêlée d'épices et de fruits mûrs. J'avais des larmes qui me piquaient les yeux et la tête qui tournait.

« Chauffeur, au Continental, rue Dông-Khoi… »

L'hôtel Continental, joyau de l'époque française, avait reçu une cure de jouvence pour accueillir de nouveaux touristes. Je regardais la fameuse terrasse du Continental, toujours à la même place, bordée de palmiers plantés dans des pots. J'imaginais qu'à l'époque de l'Indochine française, des « coloniaux » négociaient les prix de l'hévéa, du café et du thé en sirotant du Pernod sur cette fameuse terrasse. De nouveaux débarqués à la peau encore pâle partageaient leurs idées sur le négoce, de façon aussi persuasive que les vieux « Asiates » bronzés, arborant pour la circonstance un air connaisseur un peu désabusé. À cette même terrasse, pendant la guerre américaine, des hommes d'affaires, des diplomates et des espions discutaient de la théorie des dominos en Asie du Sud-Est, réglant le sort du monde en savourant du gin-tonic et du whisky. Des correspondants de guerre élisaient domicile à l'hôtel Continental au plus fort de la guerre du Viêt-Nam. Leurs machines à écrire cliquetaient sans arrêt toute la nuit pour envoyer aux quatre coins du monde des articles sur l'avancée de la guerre. Je regardais une chambre au troisième étage dont la petite terrasse couverte de bougainvillées mauves donnait sur le jardin intérieur. C'était sans doute dans cette chambre que Mark Oliver logeait lorsqu'il était à Saigon à cette époque. Il avait une vue sur les frangipaniers centenaires aux délicates fleurs blanches au cœur rose.

## 28

Je retrouvai avec plaisir les tamariniers de Saigon. Ils portaient au bas de leur tronc une couche de chaux blanche qui les protégeait de la chaleur. Ainsi, les tamariniers de mon enfance semblaient se vêtir de leurs costumes d'apparat pour m'accueillir. Saigon était l'une des rares villes au monde, où de grandes avenues étaient bordées de tamariniers. Je pensais que c'était tout de même singulier de planter dans les rues ces grands arbres aux feuilles dentelées. Des urbanistes français avaient eu une vision à long terme, car le tamarinier tout comme le chêne en Europe, était connu pour sa longévité et pouvait vivre plus de cent ans. L'arbre dressé devant moi en plein centre-ville en était la preuve ! Le tamarinier, de son nom latin *Tamarindus indica,* est un arbre au tronc énorme enveloppé d'une écorce rugueuse. Le mot tamarin est mentionné dans des textes anciens en sanskrit. Des voyageurs européens ont découvert cet arbre et l'ont amené de l'Inde en passant par l'Égypte. D'ailleurs, tamarin vient de l'arabe *tamar hindi* qui signifie datte de l'Inde.

Je me réhabituais à écouter les sons de ma ville, les sifflets réguliers des policiers réglant la circulation, les réclames des marchands de soupe, les carillons des cyclos et les rires des enfants jouant au ballon dans la rue. J'enregistrais des notes aiguës, des accents graves, des bruits des socles de bois des femmes sur le trottoir, des voix parlant la même langue avec différents accents. L'accent de Hanoi, raffiné et précieux, était le chant du fleuve Rouge qui coulait, puissant et invincible. L'accent de Huê, princier et noble, contenait la poésie de la rivière des Parfums, comme les prières harmonieuses des bonzes à la sortie des pagodes. L'accent de Saigon, arrondi et terrien, provenait du clapotement de l'eau limoneuse du Mékong, fleuve nourricier des gens du Sud.

Saigon gardait à peu près le même aspect d'antan avec un immense flot de trafic. Des motocyclettes pétaradantes reprenaient leurs droits sur les artères de la ville. Quel spectacle fascinant que de voir la rue Dông-Khoi, comme un fleuve mouvant de motos et de bicyclettes, qui s'interrompait pour un court laps de temps pour laisser passer la piétonne un peu perdue que j'étais, et qui se refermait de nouveau après mon passage. Mais où allait donc ce tourbillon dense de milliers d'êtres humains ? Ils tournaient en rond tout simplement, tournaient en rond comme dans un manège jusqu'à en avoir le vertige et à en perdre la tête. Les maisons portaient toujours la même peinture jaune ocre un peu écaillée. Même les voiturettes des marchands de soupe et leurs chaises lilliputiennes étaient là. Pour la première fois, je regardais ma ville natale avec des yeux d'adulte et tout me semblait avoir une autre dimension. Vite, il fallait que je me trouve rapidement de nouveaux repères.

Non, je ne prononçais pas son nom, mais Mark Oliver était dans ma tête. Quoi qu'il arrive, quoi que je fasse, je le portais en moi. Il était arrivé par hasard et s'était installé de façon étrangement confortable dans ma conscience. Et pourtant, je ne parvenais pas à le saisir. Il était tout à fait étranger, tout à fait à part. Il ne faisait pas partie de mon domaine et n'obéissait pas à mon bon vouloir. Je pouvais sans doute décrire avec précision les nuances du ciel perlé de Saigon, mais comment décrire avec justesse le souvenir de son regard ? J'avais parcouru la moitié de la terre juste à la recherche de ce regard.

Je me dirigeai vers le Musée de la Révolution, anciennement palais Gia-Long, dernière demeure du président Ngô-Dinh-Diêm avant le coup d'État de 1963. Outre une collection permanente de documents et d'objets reliés à divers soulèvements nationalistes, le Musée de la Révolution abritait dans une de ses salles une exposition de photos de guerre et de paix du Viêt-Nam. Cette exposition spéciale rendait hommage aux photographes de guerre. Plus d'une centaine de photographes vietnamiens et étrangers étaient morts en action ou portés disparus pendant les guerres d'Indochine et du Viêt-Nam. Ce fut avec une certaine appréhension que je pénétrai dans une grande salle bondée de monde. Des photos de plusieurs « anciens » du Viêt-Nam y étaient exposées.

À mesure que je contemplais l'exposition, le passé de mon pays s'étalait devant moi. Je revivais toute une partie de ma propre histoire, car j'avais déjà vu la plupart de ces photos. À commencer par un cliché pris en 1954 par Robert Capa, montrant des soldats français de dos marchant dans un champ après la défaite de Diên-Biên-Phu. En s'écartant de la route pour prendre cette photo, Robert Capa avait sauté sur une mine. Mortelle Indochine ! Ce fut sa dernière photo. En sa mémoire, le *Overseas Press Club of America* avait établi la Médaille d'or Robert Capa pour le « meilleur reportage photographique publié ayant requis un courage et une entreprise exceptionnels ».

Un autre photographe de talent était Henri Huet. Né en 1927 à Dalat d'un père français et d'une mère vietnamienne, il avait couvert la guerre d'Indochine en tant que photographe de l'armée française. Après le départ des Français, une fois démobilisé, il avait travaillé pour l'*Associated Press*. Pour Henri Huet, la guerre était comme une partie de sa vie. Tout comme Robert Capa, il disait : « On ne peut pas photographier la guerre au téléobjectif. Il faut être tout près. » Ses photos montraient de terribles batailles avec des hélicoptères en feu et des scènes d'apocalypse. Mais elles s'attardaient aussi sur des femmes et des enfants, victimes innocentes de cette guerre. Il avait reçu plusieurs prix, dont la Médaille d'or Robert Capa.

Certaines photos du Britannique Larry Burrows du magazine *Life* m'interpellaient en particulier. Celle d'une femme vietnamienne, chapeau conique à la main, qui pleurait à chaudes larmes devant les restes de son mari contenus dans un sac ficelé. Ou celle d'un garçon vietnamien, Nguyên-Lau, âgé de dix ans, paralysé à partir de la poitrine par un fragment de mortier. Cet enfant avait des yeux qui contenaient toute la détresse du monde. Larry Burrows disait que « si on regardait bien ce jeune garçon courageux, on se demandait si l'agonie ultime de la guerre n'était pas contenue dans ses yeux ». Considéré comme « le photographe par excellence de la guerre du Viêt-Nam », Larry Burrows fut honoré à deux reprises de la Médaille d'or Robert Capa.

D'autres photos appartenaient à notre mémoire collective. Celle du bonze Thich-Quang-Duc qui s'était immolé par le feu en 1963, fit le tour du monde et horrifia l'opinion publique. Le reporter-photographe américain Malcom Browne de l'*Associated Press* fixa sur sa pellicule cet instant tragique qui discrédita les États-Unis et le régime sud-vietnamien. Une autre photo dévoilait toute la brutalité de la guerre : celle du chef de la police de Saigon, le général Nguyên-Ngoc-Loan, exécutant à bout portant dans la rue un homme soupçonné d'être un ennemi du régime. Le photographe américain Eddie Adams d'*Associated Press* avait pris cette photo sur le vif, quelques secondes avant l'impact de la balle sur la tête de l'homme dont le visage se crispait de peur.

Mais je me rappellerai toute ma vie de la photo de la petite fille brûlée au napalm, courant dans la rue, les deux bras en l'air, avec, à l'arrière-plan, de gros nuages bourgeonnants de bombes incendiaires. Elle s'appelait Phan-Thi-Kim-Phúc, avait neuf ans et demeurait dans le village de Trang-Bàng, dans la province de Tây-Ninh, à une cinquantaine de kilomètres au nord-ouest de Saigon. Cette photo avait été prise en 1972 par un photographe vietnamien travaillant pour l'*Associated Press*, Huynh-Công-Út, surnommé affectueusement Nick Út par ses collègues. Après avoir pris cette photo, Nick Út avait versé de l'eau sur la jeune fille, l'avait amené sans tarder à l'hôpital. Grâce au dévouement du photographe, Kim-Phúc avait survécu.

Les dernières photos prises le 30 avril 1975 étaient accrochées côte à côte. Celle du photographe hollandais Hugh Van Es de l'*United Press International* illustrait l'évacuation en catastrophe de Saigon d'une file de gens qui grimpaient dans un hélicoptère en équilibre sur une terrasse. Et une photo prise par Mark Oliver d'un blindé nord-vietnamien portant le numéro 843, défonçant les grilles du Palais présidentiel. Ces deux photos symbolisaient la fin de la guerre du Viêt-Nam. Justement, Mark Oliver, qui se trouvait parmi les visiteurs, regarda soudain dans ma direction. L'apercevant, je fus prise par une angoisse, qui me submergea d'une euphorie à la limite de la souffrance. Il s'écarta de la foule et m'accueillit avec un large sourire. Ce même large sourire d'enfant me donna une crampe à l'estomac, comme un souvenir douloureux.

« Je suis bien content de vous retrouver, dit Mark. J'ai vu Bunlong la semaine dernière à Phnom Penh et il m'a informé de votre date d'arrivée à Saigon… »

Il me posa des questions sur le dernier parcours de mon voyage, continuant la conversation là où nous l'avions laissée un soir au Club de presse à Phnom Penh, comme si de rien n'était. Puis il glissa, hésitant :

« J'ai ouvert un bureau à Saigon. D'ici, je peux facilement couvrir toute la région. Je ne vous avais pas laissé de message à Phnom Penh, car je ne savais plus très bien où j'en étais. Je ne voulais certainement pas que les choses entre nous se compliquent davantage. Mais ce que je savais depuis tout ce temps, c'est que j'espérais ardemment vous revoir. »

Il prononça ces dernières paroles d'une voix basse avec un débit un peu saccadé comme pour contenir ses émotions. Ses yeux, inquiets, me prièrent. Je bafouillai quelque chose en retour. Je ne savais pas ce que je disais. Mais les paroles n'avaient plus aucune importance. Seul comptait ce regard qui en disait tellement plus.

## 29

« Demain, tu t'en vas,
La mer se souvient de ton nom et appelle
Appelle l'âme du saule-pleureur
Appelle la plage de sable blanc la nuit... »

J'écoutais ces paroles de la chanson Mer de souvenirs du célèbre auteur-compositeur vietnamien Trinh-Công-Son. Cette musique me ramenait à une personne, à une pensée, à une émotion. Quelqu'un frappa à la porte de ma chambre. Ô surprise ! Mark Oliver était là, un bouquet de roses rouges sur le cœur, et il me souriait timidement. Nous nous prîmes par les mains sans parler, poussés par le désir si violent de nous toucher. Nos mains s'emboîtèrent automatiquement. Nous nous regardâmes. Ses yeux pétillèrent, heureux. Il m'attira vers lui doucement et me serra dans ses bras. Je me pressai contre lui dans le noir, respirant son parfum. Je me sentais parfaitement en sécurité, tout à fait habituée à lui. Il me berça doucement comme on berça une enfant, comme pour me consoler de tout ce temps loin de lui, à penser à lui à en pleurer, à en mourir.

    Comment décrire toute la tendresse du monde qui émanait de ses bras. Mais je connaissais bien ce visage. Je connaissais bien ces yeux, ce regard attentif, ce large sourire. Je connaissais ces traits par cœur, même en fermant les yeux, ils étaient gravés dans mon esprit. Il y avait en moi un siècle de désir depuis si longtemps retenu, si longtemps refoulé, qui déferla. Je croyais savoir les choses du corps, de la main, de la bouche, mais à cet instant, je n'étais plus sûre. Son corps se serra contre le mien, mes mains caressèrent la ligne de son cou, la courbe de ses épaules. Il m'embrassa avec lenteur, sur les yeux, sur la bouche. La mémoire devenue fiévreuse, j'abdiquai devant la passion. Il n'y avait pas d'autre vérité que ses bras qui me prenaient par la taille. Ses bras protecteurs qui faisaient rempart contre l'extérieur.

« Quelle belle musique ! *Shall we dance ?* Danse avec moi, viens… », dit-il.

Il m'entraîna et nos pas s'accordèrent. J'appuyai ma tête sur sa poitrine et j'entendis battre son cœur. Je voulais que cet instant dure indéfiniment. Nous ne savions plus qui nous étions, peut-être n'étions-nous rien du tout. Nous n'avions plus besoin de parler. Mark avait un regard bleu sombre piqueté d'étoiles, un regard où se reflétait tout l'amour d'un homme. Du fond du cœur, les mots surgirent pêle-mêle comme un torrent. Je l'entendis prononcer mon nom comme la mer qui se souvenait de mon nom et qui appelait, comme dans la chanson. Mots saccadés, mots magiques. Il y eut ce débordement de mots désordonnés, de mots tendres, le nom de l'autre crier à l'infini, comme des ronds dans l'eau. Des « je t'aime ! » murmurés. Je savais et ne savais pas ce que je disais.

Mark me raconta comment un soir, à Saigon, ayant cru me voir parmi toutes ces femmes asiatiques aux longs cheveux noirs, il s'était senti tout faible et retourné. Il me raconta qu'il lui était arrivé de suivre une femme qui me ressemblait de dos dans la rue, ayant peur de l'approcher pour s'apercevoir que ce n'était pas moi, ne voulant pas perdre cette sensation de joie. Il me dit qu'il avait souvent pensé à moi. Couché dans un campement de maquisards dans la jungle du Cambodge, il avait cherché du fond de sa solitude le courage de continuer à couvrir la guerre.

« Dis-moi, dis-moi que je t'ai manqué, murmura-t-il.

– Tu m'as énormément manqué, dis-je. J'ai attendu en vain un signe de toi. Pas un seul coup de téléphone, pas une seule lettre.

– Si, je t'ai écrit plusieurs lettres que je n'ai pas envoyées. Je n'étais pas sûr de moi. Avec ce sacré métier de photographe qui me colle à la peau, c'est difficile d'avoir des relations durables. »

Cette nuit, il n'y avait plus de frontières, plus de continents qui nous séparaient. Nous nous reconnaissions comme si nous nous étions toujours connus. Aimer, brûler, s'éclater. Sans limites, sans mesure. Être hors du temps et de l'espace. J'abandonnais mon corps et me laissais guider par lui. J'étais au bord du vertige tandis que la chambre tournait autour des roses rouges éparpillées sur le dallage, tournait dans une grande valse ininterrompue. Il y avait de la chaleur aussi, cette chaleur qui sortait de l'abîme et qui réchauffait chaque parcelle de la chair, qui réchauffait le corps et l'âme. Enfin, je m'appuyais sur quelqu'un qui me soutenait. « Oui, tu es ma patrie et je ne la cherche plus. » Fini l'exil ! Je n'étais plus « apatride ». J'étais enfin revenue à Saigon, dans ma ville natale, dans mon pays d'origine, en cet instant même. Finis les jours de questionnement. Finies les nuits de désespoir. Finies les années de vagabondage autour de la Terre pour chercher un sens à ma vie. Je n'avais plus peur.

## 30

Nous nous promenâmes dans les rues bondées de monde au centre-ville de Hô-Chi-Minh Ville que ses habitants s'obstinaient à appeler Saigon. Toujours Saigon. Infiniment Saigon. Nous empruntâmes de larges avenues où seuls les noms avaient changé. L'ancienne rue Catinat, rebaptisée Tu-Do ou Liberté, était renommée Dông-Khoi ou Soulèvement général. L'ancienne rue Charner, devenue rue Nguyên-Huê, gardait son nom vietnamien. La fameuse rue Lê-Loi qui commémorait le grand empereur Lê, le demeurait. Les noms de quelques rares étrangers étaient maintenus, tels Alexandre de Rhodes, Louis Pasteur et Alexandre Yersin. J'apprenais à Mark Oliver à lire les noms des rues en vietnamien et il s'y prêtait de bonne volonté, d'un air sérieux. Je décidai de lui montrer Saigon. À plus de mille kilomètres de Hanoi, capitale au charme discret, ma ville à moi me semblait tellement acculturée, désordonnée et indisciplinée.

« Montre-moi la maison où tu as grandi. J'aimerais voir ton quartier pour t'imaginer, adolescente, à Saigon, » dit Mark.

Depuis mon retour à Saigon, je n'osais pas encore retourner dans mon quartier, objet de tant de rêves. Ma rue portait maintenant le nom de Nguyên-Dình-Chiêu, et la maison de mon enfance n'existait plus. À la place était érigé un immeuble de trois étages, une école de langues qui offrait des cours d'anglais. Où était ma maison ? Seul l'immense tamarinier qui donnait de l'ombre à mes jeux était encore là. Je touchai le tronc rugueux de l'arbre, étonnant lien avec mon passé. Où étaient les marchands ambulants si nombreux qui passaient sur ma rue ? Où était ma voisine en face, une vieille institutrice française qui avait refusé de quitter Saigon lorsqu'était venu le temps pour elle de partir ? Où étaient mes voisins ? Où était l'entomologiste des hauts plateaux ? Où était Monsieur le juge violoniste ? Et bien d'autres, bien d'autres visages de mon enfance. Qu'étaient-ils tous devenus ? Tout un pan de ma vie s'écroula soudain. Les éternels *nho*, gosses de la rue, nous coururent après par simple curiosité, pour demander quelques sous, pour rigoler un peu. Ils appelèrent Mark, *Ông Tây*, Monsieur Français, pour amorcer un dialogue. Les gosses répétèrent : *Ông Tây* ! *Ông Tây* ! en se tapant dans les mains et en riant aux éclats.

C'était au tour de Mark de me montrer son coin à lui, près du marché central de Saigon. Depuis plusieurs années, il apportait un appui financier à une Française d'origine vietnamienne, Tâm Trân, qui était retournée s'établir à Saigon après un séjour de trente ans en France. Elle avait fondé une école d'hôtellerie pour aider des jeunes filles et garçons, orphelins et pauvres, à se trouver un métier. L'école était située à côté d'un restaurant où ces adolescents pouvaient faire la cuisine et servir des clients à table. Le restaurant au nom de Tâm Cuisine ou Cuisine du Cœur, avait une cour dallée bordée de palmiers en pots. Mark observa avec un intérêt bienveillant la jeune fille qui nous présenta le menu en pratiquant son anglais. Le menu comprenait des plats tels que des rouleaux de printemps, des avocats aux crevettes, des salades, des nouilles, des galettes farcies ainsi que du riz au poulet, au porc et aux légumes. Tâm, une femme d'une cinquantaine d'années, portant un tablier et une toque de chef, nous accueillit chaleureusement :

« Ah Mark, vous voilà ! En plus de la formation professionnelle, certains de nos élèves apprennent l'anglais, le français ou le japonais. D'autres se pratiquent à la comptabilité et à la gestion. Trois de nos jeunes, un garçon et deux filles ont trouvé du travail dans un hôtel du centre-ville le mois dernier. Les élèves me quittent de plus en plus ces temps-ci.

– Tâm, quelle bonne nouvelle ! Quelle chance pour eux, dit Mark. Cela veut dire que vous les avez bien formés. Il faut en former d'autres.

– Nous avons une longue liste d'attente et nous ferons de notre mieux grâce à votre aide. Revenez nous voir bientôt ! »

À l'arrivée de plusieurs clients, Tâm retourna dans la cuisine. Mark me dit : « Elle est toujours débordante d'énergie ! » Il me dévoilait ici un côté intime de lui que peu de gens connaissaient. Devant moi, c'était juste un homme heureux devant son plat de nouilles aux crevettes, manœuvrant avec application ses baguettes en bambou.

« Je viens ici après chaque reportage pour me réconcilier avec la vie. Cela fait du bien de voir ces jeunes apprendre un métier. Cela me fait chaud au cœur de distinguer un brin d'espoir dans leurs yeux. C'est un beau départ dans la vie. Ce sont mes *nho*, mes enfants, et j'en suis fier », ajouta Mark avec un grand sourire.

## 31

Comme je devais me rendre au bureau de notre organisation à Hanoi, j'en profitai pour m'arrêter dans quelques villes sur mon chemin. Mark avait pris une semaine de congé pour m'accompagner, muni de son appareil photo. Un photographe était rarement en congé s'il avait un appareil photo en main. De l'ancienne capitale impériale Huê au centre du pays, nous rentrâmes dans la vallée d'A Shau, à une cinquantaine de kilomètres au sud-ouest de Huê et à environ deux kilomètres de la frontière du Laos.

Le véhicule tout terrain grimpa péniblement sur d'immenses roches qui s'étaient déversées sur l'étroite bande de route vers la vallée d'A Shau. La pluie diluvienne des derniers jours l'avait rendue boueuse. Le véhicule monta sur des éboulis et retomba abruptement de l'autre côté. D'énormes roches dévalèrent le ravin de plusieurs centaines de mètres en bas. Le chauffeur essuya prestement les gouttes de sueur sur son front et continua sur une piste en terre rouge. Il fallut plus de trois heures pour arriver dans la vallée d'A Shau. Une petite délégation composée du chef du village et de quelques personnes d'ethnies minoritaires de la région nous attendait patiemment. Le chef du village nous salua cordialement.

« Bienvenue dans la vallée d'A Shau ! »

J'étais venue à A Shau pour discuter d'un projet de clinique de campagne dans une région où il y avait particulièrement beaucoup d'enfants handicapés. Je fus heureuse de cette opportunité, car la vallée d'A Shau n'était ouverte qu'à de rares visiteurs. Sans tarder, le chef du village nous conduisit vers les différents emplacements possibles pour la construction de la clinique. Le paysage était presque lunaire avec une terre sèche couverte de cratères. Cette région avait reçu son lot de tapis de bombes des B-52. En nous dirigeant vers une ancienne piste d'atterrissage, j'aperçus des camions militaires transportant de jeunes soldats américains. J'eus comme une impression de « déjà vu ». Étais-je en train d'halluciner ? Je jetai un coup d'œil à Mark qui semblait être aussi surpris que moi. Le chef du village avait remarqué nos coups d'œil perplexes, car il expliqua :

« Nous avons quelques visiteurs cette semaine. C'est une première équipe américaine de recherche de soldats disparus au combat. Plusieurs avions et hélicoptères ont été abattus dans cette vallée, car la piste Hô-Chi-Minh aboutissait ici. »

La piste Hô-Chi-Minh était un réseau de sentiers et de routes sous couvert forestier, serpentant dans des montagnes le long de la frontière sud-vietnamienne, avec incursions au Laos et au Cambodge. L'armée nord-vietnamienne s'en servit pour acheminer du matériel militaire, des armes, de l'artillerie lourde, et finalement des blindés. De multiples bombardements américains ne réussissaient pas à la détruire. Elle n'était jamais fermée, surtout, elle ne dormait pas, le gros du trafic s'effectuant la nuit. Elle rentrait au Sud Viêt-Nam à de multiples endroits, notamment par la vallée d'A Shau et au-delà, vers les villes de Huê et Danang.

Mark était ému et silencieux. Il pensait sans doute à ses amis, les photographes Larry Burrows et Henri Huet. L'hélicoptère sud-vietnamien qui les transportait en 1971, lors d'une incursion de l'armée près de la frontière laotienne, fut abattu quelque part dans ces collines brumeuses là-bas.

« La vallée d'A Shau compte encore un nombre important de mines terrestres et d'engins non explosés, expliqua le chef du village. De plus, des millions de litres d'agent orange servant de défoliants ont été déversés dans notre région avec des conséquences désastreuses. Trente ans plus tard, nous notons encore beaucoup de malformations congénitales, de cancers et de handicaps physiques et mentaux. Les victimes vivent encore dans la honte et la détresse. Tout ce que nous souhaitons, c'est que les Américains ne recommencent pas cette guerre chimique ailleurs. C'est pour cela que nous appelons cet endroit *thung-lung A Sâu,* la vallée de la Tristesse. »

La plus grande guerre chimique de l'histoire de l'humanité avait eu lieu au Viêt-Nam avec l'opération *Ranch Hand* ou Ouvrier agricole. Pendant dix ans, de 1962 à 1971, les Américains avaient déversé plus de 75 millions de litres de défoliants aux alentours des bases américaines, le long de la piste Hô-Chi-Minh et dans le delta du Mékong. Ces herbicides étaient appelés agent orange, agent rose, agent vert, agent pourpre. Tous ces produits aux si jolis noms contenaient tous de la dioxine, un produit extrêmement toxique. L'agent orange était le principal produit utilisé. L'objectif était de détruire les forêts pour empêcher l'ennemi de se cacher sous le couvert végétal et en même temps détruire les récoltes pour l'empêcher de se nourrir. Mais l'agent orange était pernicieux car il détruisait sur une longue période la santé des habitants.

Qui pouvait mieux décrire la tristesse dans cette vallée d'A Shau frappée par tous les malheurs du monde ? Certainement l'un des plus grands photographes de guerre, le Britannique Philip Jones Griffiths. Mark avait apporté un album de photos de Jones Griffiths intitulé « Agent orange ». Il l'offrit au chef du village qui l'accepta avec émotion. Certaines photos étaient difficiles à regarder, mais elles témoignaient du grand courage des victimes. L'une d'entre elles me touchait particulièrement. Celle d'une jeune fille, Lê-Thi-Hoa, qui s'appliquait à écrire avec ses mains déformées. Cette adolescente au si beau prénom Hoa ou Fleur, était enfermée dans un corps d'une petite fille de huit ans. Elle se battait chaque jour pour vivre une vie normale. Mark ajouta :

« Philip Jones Griffiths disait que sa première réaction devant ces victimes d'agent orange était de pleurer, mais selon lui, un photographe qui pleurait était complètement inutile. Le monde entier doit voir ces photos de la plus grande catastrophe humaine. La guerre du Viêt-Nam ne sera jamais finie pour ces gens blessés dans leur chair, dans leur esprit et dans leur cœur. »

## 32

Il avait suffi que Mark Oliver me tienne par la main pour que la tristesse de la vallée d'A Shau s'estompe et que je reprenne un peu de courage. Nous étions à Huê et la journée était ensoleillée. Je le guidai à travers les dédales de la Cité impériale. Une légende dit que la princesse Huyên-Trân fut mariée au roi du royaume du Champa au XIII$^e$ siècle. Ce mariage ajoutait deux territoires du Champa au Viêt-Nam qui s'étendait vers le centre actuel du Viêt-Nam, incluant notamment la ville de Huê. Tout ici était en harmonie avec les lois du ciel. Pendant cent cinquante ans, tous les empereurs Nguyên s'installèrent à Huê, entouré de la montagne Ngu-Binh, la Montagne Royale qui était un rempart autour de la Cité impériale et que contournait comme un ruban de soie, la rivière des Parfums.

Le fondateur de la dynastie, l'empereur Gia-Long, consultait des bonzes, des devins, des géomanciens, des architectes et des géographes, et célébrait des cultes avant de pouvoir édifier cette cité à la gloire des dieux et en hommage à ses ancêtres. Il fit élever les remparts de la ville et reconstruire la Cité impériale par le colonel Victor Olivier de Puymanel, le même qui avait construit la citadelle de Gia-Dinh à Saigon dans le style Vauban. Officier français, M. de Puymanel fut honoré grand mandarin à la cour de Huê. Bien que fortifiée à la Vauban, la citadelle de Huê suivait le plan d'une cité impériale chinoise. Les bâtiments s'ordonnaient symétriquement comme l'univers autour de son centre.

La Cité impériale symbolisait la puissance et la stabilité de la grande dynastie des Nguyên. À sa porte, les neuf canons géants en cuivre représentaient les éléments sacrés du Ciel et de la Terre gardés par les souverains Nguyên. Il y avait d'un côté cinq canons symbolisant les cinq éléments : le métal, l'eau, le bois, le feu, la terre, et de l'autre, quatre canons signifiant les quatre saisons : printemps, été, automne, hiver. La porte de Ngo-Môn ou la Porte du Midi, percée de cinq passages dont le centre fut exclusivement réservé à l'empereur, menait à la Cité pourpre interdite. Cette porte était surmontée par le belvédère des Cinq Phoenix où l'empereur promulguait la nouvelle année lunaire et célébrait différentes fêtes. Nous empruntâmes le pont de la Voie céleste enjambant l'Étang des Eaux d'Or couvert de lotus et menant à une grande cour dallée. Jadis, on y exposait des édits du roi sur un palanquin protégé par un parasol rouge. Tous les mandarins venaient s'y prosterner. Au bout de l'esplanade s'élevait le palais de la Suprême Harmonie aux quatre-vingts colonnes sculptées de sentences confucianistes en caractères chinois et laquées de vermillon et d'or.

« Les grands mandarins en costumes d'apparat s'alignaient ici sur l'Esplanade des Grandes Salutations, expliquai-je à Mark. Des mandarins lettrés, sages aux longues barbes blanches, se tenaient à droite en tenant leurs mains jointes sous les larges manches de leurs tuniques. Des généraux de l'armée, à la mine sévère, étaient postés à gauche. Le fondateur de la dynastie Nguyên, l'empereur Gia-Long, recevait en audiences solennelles princes, ambassadeurs et hauts dignitaires. L'empereur était vêtu d'un habit de brocart jaune, brodé de soleil et de dragons. Il portait un bonnet brodé d'or, un sceptre en jade et des bottillons au bout recourbé. Il était assis sur un trône d'or surélevé au fond du palais. Des visiteurs de marque devaient s'agenouiller et se prosterner devant l'empereur. Il ne fallait pas regarder le représentant du ciel sur terre en face, comme on ne regardait pas le soleil directement, sous peine de crime de lèse-majesté. »

Nous visitâmes ensuite des mausolées impériaux disséminés sur des collines à côté de la rivière des Parfums. La position des mausolées obéissait aux principes d'harmonie entre les astres, le soleil et la lune, ou entre le vent et l'eau, afin de capter de bonnes influences cosmiques. Cours d'honneur et voies des Esprits étaient jalonnées de statues en pierre de mandarins, de généraux, de soldats, d'éléphants et de chevaux. Certains empereurs Nguyên avaient pacifié le centre du pays et conquis le Sud lointain. De ces lieux du dernier repos, il me semblait entendre encore les bruits des combats d'antan. J'imaginais ces courageux souverains à dos d'éléphants, sabres à la main, qui se lançaient à l'assaut de l'armée ennemie. Je croyais entendre des cris, des croisements de fer, des sifflements de flèches, des barrissements d'éléphants et des hennissements de chevaux. Mais nul ne pouvait échapper aux lois du ciel. Ces combats étaient combien futiles comme l'orgueil et la gloire des hommes. Ces empereurs si puissants n'étaient plus que « poussière redevenue poussière ». Ils étaient maintenant tous égaux devant l'éternité. Ils n'échappaient pas à leur destin. Seuls les nuages, les montagnes, les fleuves et les lacs, éléments sacrés, demeuraient. Et cela, c'était écrit dans le ciel.

Le silence était revenu sur l'ancien champ de bataille. Je n'entendais que le bruissement des pins, la respiration de Mark et la palpitation de mon propre cœur. Je n'avais jamais été plus sereine qu'en ce silence.

## 33

Après avoir laissé Mark Oliver à l'ambassade australienne où il devait rencontrer un ami, je déambulai dans Hà-Nôi, la capitale millénaire où l'histoire s'écrivait à chaque tournant de rue. Hà signifie fleuve et Nôi, en deçà. Hanoi veut dire « en deçà du fleuve ». En deçà du Hông-Hà, fleuve Rouge, dont les fortes crues inondent cycliquement le delta et détruisent ses digues. Le fleuve Rouge prend sa source au Yunnan, en Chine du sud, et coule sur plus de quatre cents kilomètres avant de se verser dans le golfe du Tonkin, en mer de Chine méridionale. L'eau du fleuve est rouge en raison des limons chargés d'oxyde de fer. En deçà aussi des ennemis chinois qui, autrefois, envahissaient le Viêt-Nam par les affluents du fleuve Rouge.

Un policier dans son uniforme vert olive réglait dans un langage savant de bras la direction de la circulation. Au milieu de cette foule de gens en costumes sombres circulaient légères et tranquilles deux jeunes filles en tunique blanche, au pantalon de satin blanc, aux cheveux longs et noirs. Quel beau contraste ! C'était l'image même de la grâce de Hanoi. Sans oublier toutes ces vieilles dames, au marché Dông-Xuân, ces grands-mères aux tuniques noires et brunes, assises sur une chaise basse, chacune tenant une branche d'abricotiers en fleurs, symbole du printemps, c'était le Viêt-Nam éternel ! Hanoi, la mystérieuse, l'indomptable, se révélait à moi dans toute sa tranquille beauté.

La Cité des trente-six rues et guildes se trouve en bordure du fleuve Rouge et elle est collée au pont Long Biên, anciennement pont Doumer, construit par Gustave Eiffel. Plusieurs fois bombardé et restauré au cours des guerres, le pont est encore utilisé par des piétons et des cyclistes. Le vieux quartier de Hanoi est protégé par les remparts de la digue, cité basse aux couloirs enchevêtrés. Les *phô,* ou rues, portent les noms de différents métiers. Je marchai sur le *phô hàng bông*, la rue des Fleurs où on trouvait dans des seaux posés par terre, des bouquets de roses, de lotus et de jasmin. Puis j'arrivai à *phô hàng dào*, la rue de la Soie, l'artère principale de la vieille cité. Le *phô thuôc bác*, rue de la Médecine traditionnelle, était parfumée d'épices : gingembre, eucalyptus, anis et cannelle. On y exposait une pharmacopée étonnante de geckos, lézards, serpents et hippocampes séchés. Puis, au détour d'une ruelle, à la rue *Nhà Thò*, la rue de l'Église, je me retrouvai devant une immense cathédrale aux vitraux sombres, décor un peu insolite parmi ces maisons basses.

Et j'arrivai par magie en face du Hô Hoàn-Kiêm, lac de l'Épée restituée, nappe d'eau verte où se penchaient langoureusement les saules pleureurs. La légende raconte qu'au $XV^e$ siècle, le roi Lê-Loi reçut une épée magique d'une tortue géante qui remonta des profondeurs du lac. Cette épée lui permit de vaincre les envahisseurs chinois et d'établir la dynastie des Lê. Le pays une fois en paix, le roi retourna sur le petit lac avec l'épée magique. La tortue géante réapparut pour reprendre l'épée de la main du roi. Depuis, fut érigé un petit temple en l'honneur de la tortue centenaire sur un îlot au milieu du lac.

Comme Hanoi avait gardé un charme discret ! Inconsciemment, j'y cherchai des traces de la guerre, mais on avait réparé les dommages causés par les bombes, remblayé les rues défoncées et transporté les blindés et les avions dans les musées. J'observai les gens de la vieille cité qui prenaient l'air sur leur balcon. Des marchandes ambulantes, palanches en équilibre sur l'épaule, arrêtaient un instant leur marche, déposaient les deux paniers en osier pour négocier le prix des fruits et des fleurs sur le pas des portes. Des femmes épluchaient des lentilles d'eau dans leur cour pour le repas du soir. Des hommes, concentrés, jouaient sur un pan du trottoir au jeu de damier décoloré avec comme pions des bouchons de bouteille. Comme c'était paisible de marcher dans une ville où la vie était redevenue normale après une si longue période de guerre.

## 34

Le soleil se couchait tranquillement sur la baie d'Along, en vietnamien Ha-Long, « là où le dragon amerrit ». Ce paysage extraordinaire était figé dans l'immobilité de plus de trois mille îles, refuges d'oiseaux de mer. La baie d'Along est l'un des plus beaux sites au monde. Le charme de l'endroit est palpable.

Selon une légende, l'Empereur de Jade envoya un dragon pour aider des tribus Viêt à chasser des hordes barbares venant du nord. En amerrissant dans cette baie, le dragon façonna, par des battements puissants de sa queue, cette baie magnifique. Il cracha des milliers de perles qui, au contact de l'eau, se transformèrent en îles recouvertes de végétation. Des pains de sucre comme des monolithes au relief vertigineux se voilèrent de brume. Lorsque les envahisseurs chinois entrèrent dans la baie, ils se perdirent, happés dans ce labyrinthe marin. Les coques en bois de leurs bateaux se fracassèrent contre des récifs aussi coupants que des écailles de dragon. Le seigneur des eaux vivait dans cette baie pour garder la porte d'entrée du pays.

Des lueurs pourpres et dorées couvraient les montagnes au loin. Des sampans aux toits de paille et des jonques aux ailes rousses de chauve-souris glissaient sur cette immensité émeraude. Paysage grandiose hors de la mesure de l'homme, créé par les dieux comme une peinture, pour le plaisir des yeux. C'était peut-être ici, dans la clarté miraculeuse de la baie d'Along, que l'on pouvait mieux comprendre le sens de *con rông, cháu tiên*. En admirant ce paysage en fusain dessiné par le dragon magique, qui ne se sentirait pas un tout petit peu « fils de dragon et neveux de fée » ? La nuit ne tombait pas sur la baie d'Along, elle s'y posait doucement. Les lumières du petit port s'allumaient lentement, une à une, comme pour ne pas gâcher le dernier embrasement du ciel. Nous étions assis sur la terrasse de notre chambre, contemplant cette mosaïque faite de terre et d'eau. Mark avait l'air préoccupé.

« Que se passe-t-il ? lui demandai-je.

– Un coup d'État serait imminent au Cambodge selon une de mes sources fiables, dit Mark. Je vais me rendre à Phnom Penh le plus tôt possible avant que l'aéroport ne soit fermé.

– Quand partiras-tu ?

– J'irai à Saigon tôt demain matin, répondit-il. Mon bureau a déjà fait tous les arrangements de voyage. Je prendrai le premier vol pour Phnom Penh. »

La baie d'Along était enveloppée par un grand silence. De petites îles étaient comme posées sur l'eau avec la légèreté d'un trait de sable. Ô combien j'avais le mal de mer, mais sur terre ! Notre relation, comme ces îlots au loin, s'en allait à la dérive. Le compte à rebours avait déjà commencé pour nous. Ainsi que l'inséparable souffrance. Il fallait séparer nos mains, nos souffles, nos corps. Chaque seconde de bonheur était un minuscule bout d'éternité et j'égrenais précieusement chaque instant d'éternité de mes doigts. Nous ne disions rien. D'ailleurs, qu'aurions-nous pu nous dire de plus ?

Il me porta dans la chambre et s'agenouilla près du lit. Il appuya sa tête sur un oreiller. Il y avait dans ses yeux une telle douceur, une telle fragilité que j'hésitais entre le regard et le baiser. Mark, en cet instant, dans sa force et sa vulnérabilité, était simplement un homme qui souffrait. Alors, il m'embrassa lentement, gravement, de cette gravité des amants qui, seuls, savaient qu'ils faisaient ces gestes peut-être pour la dernière fois. Nous étions saisis par un désir poignant, pathétique, désespéré. Cette nuit, il n'y avait plus de place pour les sentiments. Il semblait que l'acte d'amour n'était plus ni plaisir, ni jouissance. C'était comme un vaccin contre la souffrance. Pour insuffler à l'autre la dose d'énergie vitale pour les prochains jours, les prochaines semaines, les prochains mois.

« Lorsque tu me serres dans tes bras, tu me protèges, dis-je. Mais loin de toi, mon travail me reprend de nouveau dans ses tourbillons de violence, de misère et de famine. La vie me montrera sa vilaine face cachée. Je n'aurai plus cette armure de tes bras pour me protéger et je cesserai d'être intouchable.

– J'ai mal ici, à cette joue, à cette poitrine, à cette épaule, à cette nuque, me répondit-il. À tous ces endroits où tu m'as touché avec ta bouche et avec tes mains pour effacer le malheur. »

Je me sentais à l'abri contre lui, protégée par cette baie au dragon dormant. Déjà, je cherchais l'autre qui, en cet instant, désespérait. Comment aimer sans souffrir ? Comment se donner sans se perdre ?

« Regarde, dit-il, comme c'est extraordinaire ! »

Je baissai les paupières et fermai les yeux pour mieux voir. Au-dehors, sur la baie d'Along, il y avait une magie de lumière.

## 35

Dans mon bureau à Saigon, je tentai de maintenir la ligne téléphonique ouverte avec le Cambodge. Ce lien si ténu avec Bunlong risquait à tout moment de se rompre. Un coup d'État venait d'avoir lieu à Phnom Penh. La source de Mark Oliver s'était avérée exacte. Depuis les élections en 1993, la rivalité ne cessait de croître entre les deux copremiers ministres du Cambodge. En ce jour du 5 juillet 1997, les deux partis politiques avaient laissé libre cours au langage des armes. De rares images à la télévision montraient que le centre de Phnom Penh était encerclé de chars d'assaut. Des batailles entre les factions pro-Ranariddh et pro-Hun Sen faisaient rage dans certaines provinces dans le nord-ouest, près de la frontière thaïlandaise. J'imaginais non sans inquiétude que Mark était quelque part dans une zone de combat en train de prendre des photos. « La meilleure place pour prendre des photos est le plus près possible du front » disait-il. Là où se trouvait le danger. Quant à moi, je devais m'assurer de la sécurité de mes collègues œuvrant au Cambodge. Pour la dixième fois, je recommençai à composer le numéro de Bunlong qui se trouvait bloqué à Siem Reap.

« Oui, Kim ! répondit finalement Bunlong. Je vous entends mieux maintenant. J'ai essayé depuis hier soir de vous téléphoner moi aussi. Un appareil Tupolev s'est écrasé hier matin à l'aéroport de Phnom Penh. L'avion arrivait de Saigon. On ne sait pas s'il y a des survivants. J'ai tout de suite pensé à vous. Seigneur Bouddha ! Vous n'avez pas pris cet avion. Depuis cet accident, l'aéroport est fermé.

– Je n'ai pas pris cet avion en effet ! Comment allez-vous ? Où sont nos collègues ? Sont-ils en lieu sûr ? demandai-je précipitamment.

– Je leur ai fortement suggéré de rester chez eux. Ven, comme moi, est à l'extérieur de Phnom Penh. Il est à Pursat. Je vais essayer de communiquer avec lui plus tard ce soir par radio, car le téléphone à Pursat ne fonctionne pas.

– Quelle est la situation à Phnom Penh ?

– J'ai pu parler avec Son qui se trouve dans la capitale. La situation semble se calmer, mais il y a encore des tirs et des chars d'assaut au coin des grands boulevards. Mais il y a autre chose. Écoutez-moi bien... D'après mes sources, de violentes batailles ont lieu actuellement à l'extérieur de Siem Reap. Il y a beaucoup de blessés des deux côtés.

– Mark Oliver est au Cambodge actuellement, dis-je. Je ne sais pas où il est. C'est convenu entre nous, il ne me dit pas où il se trouve quand il est en reportage.

– Je l'ai rencontré il y a deux jours au restaurant de l'hôtel Royal à Siem Reap.

– Savez-vous s'il est parti vers la frontière thaïlandaise ?

– Non, je ne sais pas. Je vais essayer d'avoir d'autres nouvelles dès que possible.

– Bunlong, la ligne téléphonique est très mauvaise. Donnez-moi des nouvelles dès que vous en aurez. Je vais essayer de prendre un vol pour Phnom Penh à la réouverture de l'aéroport, espérons-le dans quelques jours... »

Je n'avais pas eu le temps de compléter la phrase que la ligne téléphonique fut de nouveau coupée. *Troi oi !* Ô Ciel ! Je pensais à Mark et je ressentais une pierre à la place de mon cœur. Je téléphonai tout de suite à son bureau à Saigon. J'entendis sa voix basse avec un bel accent britannique sur un répondeur demandant aux personnes qui appelaient de laisser un message au son du bip. Je sautai dans un taxi en direction de la rue Nguyên-Du où se trouvait son bureau et sa résidence. Les grilles étaient fermées. J'entendais des chants d'oiseaux dans le jardin. J'entrevoyais l'effusion des bougainvillées sur la terrasse et je humais le parfum de fleurs de frangipaniers. C'était un petit coin d'oasis, un havre rempli de souvenirs qu'il avait su se créer, loin des hurlements des loups, loin des bruits de la foule. C'était un îlot de paix pour se parler tranquillement, pour s'aimer intensément, « pendant qu'il est encore temps, pendant que l'on est ensemble, disait-il, avant que la guerre ne me ramène au front et que ton travail ne te renvoie à l'autre bout de la terre ». Mon cœur se serra en pensant à la chambre froide où il entreposait ses appareils photo, ses rouleaux de film et ses équipements. Cette chambre et ces objets me rappelaient à chaque instant que la guerre pourrait me le ravir.

# 36

L'aéroport de Phnom Penh demeurait obstinément fermé depuis deux jours pendant lesquels je ne pus joindre Bunlong au téléphone. À l'aube de la troisième journée, une situation d'urgence m'obligea à aller dans le delta du Mékong pour me rendre compte de la situation des inondations.

Le Mékong prend sa source dans les contreforts de l'Himalaya, au Tibet. Troisième fleuve en importance en Asie derrière le *Yang Tseu Kiang*, fleuve Bleu, et le *Houang Ho*, fleuve Jaune, le Mékong parcourt plus de quatre mille kilomètres à travers la Chine, la Birmanie, le Laos, la Thaïlande, le Cambodge et le Viêt-Nam. Les colonisateurs français pensaient pouvoir remonter le Mékong à partir de Saigon jusqu'au Yunnan, « le pays au midi des nuages ». Ils rêvaient aux richesses de la Chine : or, opium, ivoire, jade, soie et épices. Mais l'immense fleuve était seulement navigable jusqu'à Luang Prabang, capitale du Laos. C'est de là que vient son nom Mékong, signifiant Fleuve mère en sanskrit. Au Cambodge, il prend le nom de Tonlé Thom ou Grand fleuve. Il traverse de vastes plaines et ses eaux remontent jusqu'au lac Tonlé Sap à la période des crues de juin à octobre. En arrivant au Viêt-Nam, le Mékong enrichit le delta de ses riches alluvions drainées sur plus de cinq pays. Il dépose sa terre nourricière au fur et à mesure de son arrivée à Cà-Mau, à la pointe sud du pays. Il se sépare en neuf bras, d'où son nom vietnamien Cuu-Long, Neuf Dragons, avant de se jeter à la mer.

J'arrivai à Cân-Tho dans l'après-midi. Les eaux s'étaient retirées depuis peu, laissant derrière elles des traînées brunâtres. Certaines routes de terre, remblayées à la hâte, permirent à la voiture de passer à la limite. Puis, je fis le reste de mon trajet en motocyclette derrière un habile conducteur. Nous traversâmes un paysage de miroirs gorgés d'eau. Je fus soulagée d'apprendre que le riz de printemps avait été récolté avant les inondations. Des vergers de mangues et de longanes avaient été sauvés juste à temps. Ici et là, des paysans s'affairaient pour réaménager leurs rizières. Ils collectaient des bambous pour réparer leurs paillotes. La vie reprenait petit à petit, il le fallait.

Des odeurs de fruits mûrs enrobaient cette chaude journée. J'essayai de me tenir immobile dans une barque qui filait sur l'eau et qui se balançait dangereusement à chaque grosse vague. Je ressentais une certaine paix intérieure à proximité de cette eau boueuse du Mékong, sur cette terre limoneuse du Sud lointain, pays de ma mère. La batelière pagaya doucement, surveillant de temps à autre la couleur du ciel. Elle chantonna quelques refrains de *vong cô*, chant populaire du sud pour se donner du rythme. La douce modulation de sa voix s'accordait parfaitement avec le mouvement du flot. Sur la berge s'étalait un verger entrecoupé de temps à autre par de petits ponts de singe. Ici, les habitants vivaient au fil de l'eau. Par ses crues et ses décrues, les innombrables méandres du Mékong circulaient dans le delta comme les artères dans un corps humain.

Au marché flottant de Cân-Tho, des marchandes de fruits et de légumes, debout et en équilibre dans leur embarcation, ramaient de façon agile avec un geste croisé de bras qu'elles seules étaient capables de faire. Les barques étaient remplies de fruits de jaquier immenses comme des sacs de riz, des pommes cannelle à l'écorce matelassée, des durions odorants à la peau de cuir cloutée, et surtout, surtout des mangues : mangues-éléphants, mangues vertes, mangues jaunes. Le Viêt-Nam avait toujours survécu grâce à l'énergie de ces femmes du delta du Mékong, des paysannes anonymes portant des chapeaux coniques, des chemises blanches et des pantalons larges de satin noir. D'un petit geste de la main les batelières accostaient habilement près d'autres barques et s'en suivaient alors d'interminables marchandages à l'accent rond et chantant du sud.

Des milliers de familles logeaient de façon permanente dans des sampans au toit arrondi de feuilles de latanier. On y vendait de tout : poissons, crabes et crevettes encore grouillants de vie. Certains sampans transformés en restaurants flottants proposaient des spécialités du jour : soupe aux nouilles avec des lamelles de bœuf, de porc ou de poulet. Des vendeuses de soupe promenaient leurs chaudrons fumants. L'éternelle odeur de *nuoc-mam*, la sauce de poisson, et celle plus forte de la pâte de poisson se mélangeaient au parfum des mangues et des bananes mûres, formant un mélange qui faisait un peu tourner la tête.

Sur l'onde zigzaguaient des essaims de libellules au gré du vent, mus par on ne sait quel instinct. Les libellules servaient d'indices météorologiques aux gens du delta. Si elles volent au raz de l'eau, il y aura une tempête, dit le dicton. Justement, les libellules volaient bas aujourd'hui. Allez savoir pourquoi. Et soudain, sans crier gare, une averse, forte et drue, épaisse comme un mur, s'abattit sur le Mékong. En un instant, le marché flottant de Cân-Tho demeura figé. Les batelières s'enveloppèrent d'une vareuse en plastique de toutes les couleurs et se réfugièrent sous leur chapeau conique.

Lors d'une seconde d'inattention, l'image de Mark Oliver me tomba dessus comme ces lourdes perles de pluie. Mais, cette fois-ci, il y avait une sorte d'escalade dans la souffrance, comme une migraine qui revenait par soubresauts. Derrière le rideau de pluie, je me sentis coupée du monde, séparée de Mark par une barrière infranchissable. Je le devinais quelque part, au Cambodge, tout près, mais pourtant loin, si loin, inaccessible. Était-il blessé ? Sa vie était-elle en danger ? Les traits de Mark se brouillaient dans ma mémoire comme une image criblée de pluie.

Je savais intuitivement que ce qui devait arriver arriverait et qu'il n'y aurait pas d'alternative. Mais chaque pensée ou chaque hypothèse me torturait un peu plus. Car tout nous faisait barrage. L'Asie était une barrière. Sa passion pour son métier de photographe de guerre était plus qu'un métier, c'était sa vie. Je savais que jamais je ne pourrais l'arracher à son métier. Je respectais trop sa liberté pour le faire de toute façon. Jamais je ne le mettrais au défi face à un choix. Mais, j'avais déjà vécu une guerre et n'avais nullement envie de me replonger dans cette pure souffrance. Mais pourquoi me préoccuper de ce qui se passerait, surtout de ce qui n'aurait pas lieu ? Pourquoi vouloir tout gâcher alors que n'existait que l'instant présent ? Ne pas trop penser à demain, comme les réfugiés du ciel en partance pour un pays inconnu. Demain serait une nouvelle journée.

Cet homme qui marchait à grands pas dans la vie de sa démarche féline, que savait-il de moi, de mon cœur, de ma pensée intime ? Que faire si je n'avais de mémoire que pour un seul homme ? Mais en un sens, je me consolais en me disant que la personne qui aimait était sans doute plus chanceuse que celle qui était aimée. Car l'amour était un don du ciel, comme le soleil, comme la lune, comme la lumière, comme la musique, comme la beauté. Quelle était donc cette sensation, si intense et si absolue, qui m'avait traversée de toute part, qui m'avait fait vivre des moments passionnés, et qui maintenant m'abandonnait, vidée, avec une immense envie de dormir ? J'étais devenue étanche. Mon esprit était emmuré, intouchable au monde extérieur.

Mes souvenirs s'étiolaient et se fragilisaient. Je me sentais comme transie, incapable de souffrir. Nous étions deux êtres solitaires, tels deux îlots qui dérivaient et qui s'éloignaient l'un de l'autre. J'avais l'impression de ne plus ressentir cette capacité d'aimer. Folie que cet amour qui me laissait dans une étrange tristesse. L'expérience ne m'avait-elle pas appris que notre bonheur était extrêmement fragile ?

L'aéroport de Phnom Penh était toujours fermé. La situation politique au Cambodge était de plus en plus embrouillée. J'étais sans nouvelles de Bunlong depuis trois jours. Il fallait trouver une solution. Soudain, je repensai aux flots qui rebroussaient chemin pour couler vers le temple d'Angkor Vat avant de refluer vers la mer. Une idée me traversa l'esprit. Pourquoi ne pas me rendre à Phnom Penh par le Mékong ? Ma mère le faisait jadis en bateau. Je devrais pouvoir être en mesure de remonter, en barque, en sampan ou en bateau, par n'importe quel moyen, à la nage s'il le fallait, l'un des bras du fleuve jusqu'à Phnom Penh.

## 37

    Phnom Penh était situé au confluent des trois grands fleuves : le Mékong, le Bassac et le Tonlé Sap qui mêlaient leurs eaux tumultueuses. Je louai un bateau au quai à Cân-Tho pour remonter le Hâu-Giang ou le Bassac par les villes Long-Xuyên et Châu-Dôc. De là, je pouvais me rendre jusqu'à Phnom Penh. J'étais la seule passagère du bateau en compagnie du conducteur et de son jeune garçon. La marée haute permettait au bateau d'arriver sans peine jusqu'au quai. Le marché de Cân-Tho était animé. Il battait son plein avec des vendeuses de café, de soupes aux nouilles et de riz gluant. Des clients matinaux achetaient quelques friandises avant de prendre un bateau qui montait à Saigon.
    Le nôtre effectua un grand demi-cercle en direction du nord, fendit l'eau et laissa derrière lui un long sillage d'écume. Il pénétra ensuite dans un bras plus étroit du fleuve et avança rapidement sans encombre. Des rondes de vagues firent tanguer de petites embarcations de pêcheurs agglutinées aux quais. J'avais l'impression que les palmiers d'eau au feuillage vert foncé et aux lourdes grappes de fruits s'écartaient des deux côtés de la rive pour nous faire un passage. Pendant le trajet, je fus tenaillée par les mêmes questions : « Si Mark était blessé ? Si j'arrivais trop tard ? » J'avais beau me boucher les oreilles, elles bourdonnaient dans ma tête.
    Je me retrouvai devant un grand silence et un immense vide. Je me surpris à penser à ma propre disparition, non pas comme une mort, mais comme une désintégration de mon être, de mon identité, un non-moi sur

terre. Devenir néant. Comme un tout petit astre aspiré par le grand trou noir de l'espace, le mangeur d'étoiles. Comme autrefois enfant à Saigon, quand j'avais très peur dans la nuit sous les tirs de roquettes, j'imaginais que je n'existais tout simplement pas. Que plus rien ne pourrait m'atteindre, me faire souffrir. Je pensais à Mark, à son sourire timide, au son de sa voix et au brin de tristesse dans ses yeux qui en avaient trop vu et qui n'oubliaient pas.

Lorsque nous étions ensemble, nous parlions peu de nous. Par pudeur, par prudence, pour ne pas envahir l'espace secret de l'autre. Pour nous protéger, pour nous trouver une porte de sortie. Aussi par lâcheté, je faisais comme l'autruche. J'enfouissais ma tête dans le sable pour ne pas voir ce qui adviendrait de nous. Pour ne pas obliger l'autre à avouer l'impasse de notre relation. Ou bien dire n'importe quoi pour éviter encore une fois de dire l'essentiel.

« Voici votre déjeuner ! »

Je sursautai. C'était le fils du batelier qui m'apportait à manger. Il me remit un bol de riz blanc avec du poisson et des légumes. Il était déjà midi. Au poste-frontière de Tân-Châu, des enfants se faufilèrent parmi les commerçants et les voyageurs. Je suivis tous ces gens affairés qui se frayèrent un passage vers des barges, péniches et bateaux qui les attendaient, moteurs ronflants. On transposait sur le toit des péniches des valises et des ballots de marchandises, la plupart du temps, des ustensiles de cuisine en plastique, du riz et du poisson séché pour le Cambodge. Des vendeurs ambulants se dépêchaient pour vendre des brochettes de fruits, des cornets de cacahuètes et des boissons fraîches avant le départ des bateaux.

Enfin Phnom Penh là-bas. Vue du fleuve, la campagne cambodgienne était paisible malgré la vaine agitation des hommes de la capitale. Des fermiers défrichaient des terres abandonnées par des années de guerre. Des femmes lavaient leur linge au bord de l'eau en bavardant entre elles dans un langage chantant. Des enfants transportaient des brassées d'herbe pour nourrir des animaux de ferme.

    Mon bateau accosta sur la rive du côté du Palais Royal. Je grimpai les multiples marches en pierre pour arriver au niveau de la rue. Les berges du fleuve étaient solidement construites pour parer aux crues parfois violentes du grand Mékong. D'habitude, il y avait toujours plein de conducteurs de mototaxis qui attendaient les clients ici, mais aujourd'hui, il n'y avait personne. Je hélai un motocycliste qui accepta, après un peu d'hésitation, de m'amener chez Bunlong.

    La ville était étonnamment silencieuse. Les grands boulevards étaient bordés de frangipaniers en fleurs. Le Vat Phnom était resplendissant à contre-jour du soleil couchant. Quelques rares voitures d'organisations internationales, vitres teintées hermétiquement fermées, passèrent en trombe dans les rues vides. Une ambulance fonça, sirène hurlante, rendant l'atmosphère un peu plus dramatique. Bunlong ouvrit toute grande la porte de sa maison, les yeux écarquillés, tout à fait surpris de me voir.

    « Kim, je ne vous attendais pas avant plusieurs jours. Comment êtes-vous venue ? L'aéroport demeure toujours fermé. De Siem Reap, j'ai pu regagner Phnom Penh par la route, mais la situation est encore très instable.

    – J'ai pris un bateau de Cân-Tho jusqu'à Phnom Penh. Je suis contente d'être ici.

    – Quelle audace ! Le voyage s'est-il bien passé ? Vous devez être exténuée ! Entrez vous rafraîchir et manger quelque chose.

    – Avez-vous des nouvelles de Mark ? demandai-je en essayant d'être calme.

– Non ! Je suis passé rapidement au Club de presse hier. Personne ne l'a vu. Il n'est pas encore rentré. C'est le silence total du côté de Siem Reap. Je suis désolé ».

## 38

À Phnom Penh, après une semaine, je n'avais pas encore de nouvelles de Mark. L'attente était atroce. Je voulais suivre les traces de l'être aimé pour faire un pied de nez à la mort. En marchant sur cette terre cambodgienne, j'avais l'impression d'entrer un peu dans son territoire, dans son jardin secret, dans un fragment d'éternité. Je regardais le Club de presse dont les fenêtres donnaient sur le fleuve. Je me souvenais d'un soir où j'étais en compagnie d'un certain photographe de guerre. Il m'expliquait la signification du serpent naga dans la mythologie cambodgienne, symbole de l'amour au roi tout puissant, le roi bâtisseur des temples. Je me souvenais parfaitement de l'atmosphère intime à l'intérieur.

Déjà, mon esprit s'égarait et imaginait le pire scénario : « Si Mark était mort ? » Mort comme tant d'autres photographes : *missing in action* ou portés disparus. Je me demandais pourquoi il aimait ce métier de photographe, photographe de guerre de surcroît. Pourquoi « la meilleure place pour prendre des photos était-elle la plus proche du front » ? Pourquoi vouloir « être le plus près possible de l'action » ? Pourquoi vouloir prendre « la » photo parfaite ? Pourquoi essayer et essayer encore, pousser jusqu'à la limite ? Mais je ne pouvais surtout pas reprocher à Mark de vouloir vivre intensément sa propre vie. Chacun avait une vie à vivre et il s'agissait bien de sa propre vie. Personne n'appartenait à personne et il ne m'appartenait certainement pas.

Par ses photoreportages, Mark voulait dire « sa » vérité et « sa » version des faits. Il était parmi ceux qui étaient prêts à aller au bout de leur expérience, même au prix de leur propre vie. S'il devait mourir, son souhait était de mourir avec un appareil photo à la main, comme Robert Capa, Larry Burrows et Henri Huet, tous ces photographes témoins de l'histoire. Mort avant d'avoir bu son dernier double Scotch au Club de presse de Phnom Penh. Mort pour le Cambodge, un pays qu'il aimait tant. Mort peut-être soulagé d'une profonde fêlure de l'âme. Comme il s'était converti spirituellement au bouddhisme, j'imaginais que ses funérailles seraient célébrées selon les rites traditionnels par des bonzes.

La souffrance était comme un gouffre sans fond, la terre disparaissait sous moi et j'avais l'impression de tomber dans le vide, sans rien pour m'y accrocher. La chute était vertigineuse et ne semblait pas avoir de fin. J'imaginais que ma vie ne serait plus que des lendemains vides. Absents les mots qui rassuraient, les gestes qui réconfortaient, le regard qui admirait et les mains qui apaisaient. Sans ces bras qui m'emprisonnaient, sans ces grandes jambes qui me barraient la route, sans ce flanc tiède à toucher à l'aube du jour. Il n'y aurait pas de réveil l'un près de l'autre, avec toute la journée entière comme une longue plage chaude, à paresser et à ne rien faire. Il n'y aurait pas de soirées à passer ensemble sur des chaises longues sur sa terrasse à Saigon à parler de tout et de rien. Il n'y aurait pas d'activités à réaliser ensemble, ni de projets d'avenir, ni maintenant, ni jamais.

« Souviens-toi de ce que ta ville Saigon t'a appris. Fais comme elle, deviens un miroir à deux faces », me dis-je. Au cours des prochains jours, des prochaines semaines, il me fallait vivre avec mon double. Regarder une autre personne vivre dans mon propre corps, respirer, parler, dormir, avec une indifférence totale. Faire abstraction de la souffrance morale qui était pire qu'un mal physique. J'étais seule et devais continuer à emprunter ce chemin de vie si tortueux, si difficile. M'endurcir. M'exercer à pleurer de l'intérieur et forcer les larmes à refluer vers leur propre source, comme lorsque j'étais enfant et que je ne voulais pas montrer que je pleurais. Je ne savais pas si je pouvais ensevelir, enfoncer au fond de moi, dans un endroit secret, brûlant, une passion afin qu'elle ne me fasse plus souffrir.

Mes pensées se brouillaient comme noyées dans mes larmes. Je pensais à une photo particulière du Britannique Tim Page que Mark avait accrochée dans sa résidence. Celle d'un visage de Bouddha en or dont les yeux mi-clos étaient si sereins. Quel était donc cet espace mystérieux qui séparait la vie de la mort ? Selon Bouddha, la mort était un miroir dans lequel se reflétait l'entière signification de la vie. L'histoire d'une femme indienne qui vivait à l'époque de Bouddha me revenait. Cette femme avait un fils d'un an qu'elle chérissait comme la prunelle de ses yeux. Un jour, son fils mourut subitement de maladie. Elle implora tout le monde de l'aider à réanimer son enfant. On lui suggéra d'aller voir Bouddha, ce qu'elle fit sans tarder. Bouddha lui dit que le seul moyen de faire revivre son fils était de trouver une graine de moutarde dans une famille où il n'y avait pas eu de morts. La femme alla de porte en porte dans tout le village, mais ne put trouver une famille où il n'y avait pas eu de deuil. Elle comprit donc que le cycle de la vie et de la mort était inévitable. Elle retourna voir Bouddha qui lui enseigna cette vérité : ce qu'il y avait de plus précieux en elle, son amour pour son fils, ne pouvait pas mourir.

« Nous autres, photographes, nous avons le sentiment que ce que nous faisons n'est qu'une goutte d'eau dans l'océan. Mais cet océan ne serait pas ce qu'il est sans cette goutte d'eau, disait souvent Mark. À la fin de la journée, c'est ce que nous faisons. C'est notre métier. »

Déjà, j'espérais que son âme flotterait dans la fumée ondulante des bâtonnets d'encens que j'allumerais partout, désormais, dans chaque pagode, à Phnom Penh, à Bangkok, à Vientiane ou à Saigon, partout où mes pas me porteraient. Son âme se mêlerait à cet air que je respirerais, dans cette légère brise sur la peau, comme une douce caresse. Elle se trouverait dans chaque chose, dans chaque être, dans cette colombe qui traversait comme une flèche le ciel de Phnom Penh.

« Dis-lui, colombe, que je l'aimerai toujours… »

La vie avait repris à Phnom Penh. Des marchands ambulants dressaient ici et là leurs étals de soupe et de grillades. Des enfants qui s'éclaboussaient dans le fleuve m'accueillirent avec des salutations chaleureuses : *Sua Sdei, Sua Sdei !* La vie était revenue. Tout d'un coup, le Palais Royal m'apparut comme ourlé d'or sous les rayons du soleil couchant. Je me dis que le Cambodge allait s'en sortir. Et que ce photographe de guerre, s'il était mort, ne serait peut-être pas mort en vain. C'était avec une certaine sérénité que je pensais à Mark comme si la vie se devait d'être ainsi et que je l'avais toujours su. Même si c'était à refaire, je n'aurais pu faire autrement. Mark me révélait sa part de vulnérabilité et de tristesse. Cet homme, si fort et si fragile, je l'aimais comme si c'était trop tard. Je l'aimais comme si c'était la première et la dernière fois. C'était grâce à lui que j'avais su dépasser les limites et rompre toutes les amarres de l'espace et du temps. Cet homme avec lequel il était impensable de vivre une simple vie normale, je l'aimais de tout mon cœur, je l'aimais à contre-courant. Je l'aimais de cette passion dont la fragilité même avait quelque chose d'infini et d'éternel.

## 39

Tuol Sleng se trouve dans un quartier paisible de Phnom Penh. Qui pouvait imaginer que cet ancien lycée de trois étages avait été utilisé comme centre de détention et de torture pour des milliers de Cambodgiens soupçonnés d' « espionnage » par les Khmers rouges. Si le temple d'Angkor Vat représentait la beauté, le musée du génocide de Tuol Sleng représentait, lui, la souffrance. Bunlong et moi étions horrifiés mais nous étions là pour essayer de comprendre et surtout pour ne pas oublier. Par devoir de mémoire. Cette visite nous avait davantage rapprochés. Je n'avais pas de mots pour décrire l'ingéniosité des Khmers rouges pour imaginer les tortures les plus horribles. Je ne pouvais décrire le degré de raffinement dans les atrocités commises contre leur propre peuple. Vingt ans plus tard, cette violence était encore palpable entre ces murs sombres. Ces photos agrandies de cadavres sur des lits de fer et de corps enchaînés par terre, cet amas de vêtements dans une vitrine et ce tas d'objets de torture en fer rouillé étaient autant de témoignages éloquents.

À leur arrivée à la prison de Tuol Sleng, les prisonniers, souvent des innocents, étaient longuement interrogés. Ils devaient écrire minutieusement sur une page de papier leur biographie et donner des détails sur leurs parents et leur famille. Ensuite, ils étaient photographiés de face et de profil par les Khmers rouges. Leurs conditions de vie étaient épouvantables. Ils vivaient regroupés dans une grande salle et dormaient par terre sur des dalles en ciment, enchaînés ensemble par de longues barres de fer. Dans les salles de classe, on construisait de minuscules cellules en briques rouges pour en faire des cachots dans lesquels une personne avait à peine de la place pour s'asseoir. On attachait des prisonniers au mur sur des crochets en fer. Toutes les portes et fenêtres de cet ancien lycée étaient encerclées de fils de fer barbelés.

    Nous passâmes ensuite devant une galerie de photos. Des photos d'identité d'hommes, de femmes et d'enfants cambodgiens, les yeux écarquillés par la peur, étaient collées aux murs. Des étrangers aussi comptaient parmi les victimes, infortunés qui se trouvaient au mauvais jour, à la mauvaise place. Tel cet Australien qui voyageait sur un bateau de pêche, ce Britannique qui enseignait dans un lycée de Phnom Penh, ou cet Indien qui travaillait dans une boutique au centre-ville : tous fatalement pris dans la tourmente du Cambodge.

    Les prisonniers avaient été maltraités, frappés, torturés de jour en jour jusqu'à ce qu'ils finissent par avouer des crimes qu'ils n'avaient pas commis. Après leurs malheureuses confessions, ils avaient été transportés à Choeung Ek, un centre d'extermination à une quinzaine de kilomètres au nord de Phnom Penh. Mais visiter Choeung Ek, c'était au-dessus de nos forces. Il fallait une dose d'endurance supplémentaire que ni Bunlong ni moi ne possédions. Peu de personnes étaient sorties vivantes de Tuol Sleng comme en témoignait une montagne d'ossements dans la dernière salle de la prison : crânes d'hommes, de femmes, d'enfants et de bébés. On les avait soigneusement disposés et soudés ensemble pour en faire une carte macabre du Cambodge.

    Ces visages hagards aux yeux noyés de brume chargés d'interrogation, je les avais déjà vus ailleurs, dans une autre guerre. Peut-être était-ce tout simplement la même guerre perpétuelle ? Je reverrai toute ma vie ces yeux qui ne voyaient plus rien. Il me semblait entendre crier ces pauvres gens que les Khmers rouges torturaient, ces hommes et femmes qui étaient leurs frères et sœurs. Je me demandais quand s'arrêterait la haine. Cela ne changeait rien à la mort, cela ne changeait rien à l'horreur. Une chose avait changé cependant. Ma confiance déjà si chancelante en l'homme, en sa sagesse, en son humanisme, était lourdement entamée. Je me raccrochais cependant à un mince espoir. Mark Oliver me disait souvent qu'il ne fallait pas perdre confiance en l'humanité, qu'il ne fallait pas perdre de vue la beauté du monde et que cette horreur n'était qu'un moment de folie passagère. Bunlong, le dos courbé, accablé par tant d'horreurs, était pourtant la preuve tangible qu'il y avait de l'espoir et que l'on pouvait s'en sortir. Je me disais au fond de moi-même que je voulais découvrir le monde, voir ce qu'il offrait de beau et de merveilleux. Mais aussi en même temps, je devais aussi retenir tout ce qu'il y avait d'horrible et de pénible dans ce que l'homme était capable d'engendrer en ce monde.

« Vous savez, dit Bunlong, on dit que les crimes ont été commis par les Khmers rouges, mais les Khmers rouges, ce sont des Cambodgiens. C'est nous…

– Oui, Bunlong, c'est nous tous ! m'écriai-je. La communauté internationale préférait ignorer le drame des Cambodgiens, par lâcheté et par intérêt commercial envers la Chine. Personne n'osait affronter ce grand pays qui soutenait les Khmers rouges. »

– Est-ce que vous aimeriez voir un jour des Khmers rouges jugés pour leurs crimes ? demandai-je.

– Je suis bouddhiste et je crois au karma, répondit Bunlong sans hésitation. Les coupables feront face à leur propre karma. Un procès de Khmers rouges ne ressuscitera pas mes parents, mon frère et ma sœur. Leurs âmes sont maintenant libérées. Quant à moi, je préfère ne plus penser à ce passé douloureux. »

En sortant de la noirceur de Tuol Sleng, les yeux éblouis par la soudaine clarté du soleil, je fus frappée par l'aspect paisible du lieu actuel. Des palmiers étaient plantés en rangée dans le jardin avec de la peinture de chaux blanche à la base de leurs troncs pour les protéger de la chaleur. Je fus surprise par des chants d'oiseaux sur le toit du musée et des éclats de rire d'enfants qui jouaient à cache-cache autour du bâtiment. Je découvris avec stupeur que des cabanes au toit de chaume poussaient comme des champignons derrière le musée. Des femmes faisaient la cuisine dehors, non loin des tas d'ossements humains. Elles entretenaient avec soin de petits carrés de jardin où poussaient des oignons, radis et carottes. Quelques œillets d'Inde égayaient ces parterres de leurs fleurs jaune et orange. Ces mêmes fleurs ornaient le lieu de culte érigé au milieu de la cour en offrande aux âmes des morts.

Lorsque Bunlong et moi sortîmes dans la rue, un taxi s'arrêta devant nous et libéra deux jeunes touristes étrangères dans leurs robes à fleurs. Elles s'apprêtaient à visiter le musée du Génocide. Les coloris éclatants de leurs robes légères contrastaient tellement avec la tristesse du lieu.

## 40

Le lendemain de notre visite à Tuol Sleng, Bunlong retourna à Siem Reap pour notre organisation. Je restai à Phnom Penh et je rédigeai quelques rapports de projets. Je me plongeai dans le travail pour ne pas avoir à penser. Non, surtout ne pas penser. Ne penser à rien. Il fallait ne pas avoir de mémoire. J'abattis besogne sur besogne. Vers dix-sept heures, le téléphone sonna et Bunlong était de l'autre côté du fil.

« Kim, nous allons à l'hôpital Calmette ! Je serai dans le lobby de votre hôtel dans dix minutes.

– L'hôpital Calmette ? Mais où êtes-vous Bunlong ? Je vous croyais à Siem Reap !

– Je suis à Phnom Penh. Je vous expliquerai plus tard. Oui, nous allons tout de suite à l'hôpital Calmette. Mark Oliver vient d'y être transféré. »

En un coup de vent, je rangeai mes papiers et descendis dans le lobby. Bunlong me raconta qu'avant de prendre l'avion pour Siem Reap très tôt ce matin, il avait reçu un coup de téléphone d'un de ses contacts dans cette ville. Ce dernier lui avait indiqué qu'un journaliste étranger blessé se trouvait près du temple Banteay Srei. Son contact ne connaissait pas l'identité du journaliste et n'avait pas d'autre détail. Bunlong avait un pressentiment que cette personne pourrait bien être Mark Oliver. Une fois arrivé à l'aéroport de Siem Reap, Bunlong avait sauté dans son véhicule et s'était rendu directement au temple Banteay Srei, la « Citadelle des femmes », à une trentaine de kilomètres d'Angkor Vat. Ce temple était réputé pour la beauté de ses sculptures de déesses en miniatures en grès rose, mais depuis 1975, plus personne n'osait le visiter de peur de tomber sur des Khmers rouges. Bunlong m'indiqua qu'il avait roulé à toute vitesse pour ne pas se faire tirer dessus. Étrangement, la route vers Banteay Srei était quasi déserte. Il n'y avait aucun barrage militaire.

« Comment avez-vous trouvé Mark ? demandai-je.

– J'ai posé des questions aux villageois qui habitaient près de Banteay Srei, expliqua Bunlong. Ils m'ont montré la direction d'une petite clinique de campagne improvisée. Mon intuition était bonne, car parmi les blessés se trouvait Mark. Il était sur une civière, dans un état semi-conscient, avec d'épais bandages à la tête et à une jambe. Il était sous perfusion. Je l'ai ramené en voiture à l'hôpital de Siem Reap pour le faire examiner par un médecin. L'hôpital a tout de suite fait des arrangements pour faire évacuer Mark par hélicoptère à Phnom Penh. Je l'ai accompagné. C'est le même genre d'hélicoptère que nous avions pris pour aller à Angkor Vat.

– Dieu soit loué ! m'écriai-je. Dans son malheur, Mark a eu beaucoup de chance d'avoir reçu votre aide, Bunlong. Mille mercis pour tout ce que vous avez fait pour lui. Vous lui avez sauvé la vie. Quel courage d'être allé à sa recherche.

– Je ne suis pas sûr que c'est du courage, répondit modestement Bunlong. Je dois avouer que j'ai été pris d'une crise de panique lorsque je me suis approché du front et que j'ai entendu des tirs. Je me suis souvenu de ma marche de la mort. J'avais peur de voir surgir des broussailles des Khmers rouges en habits noirs. J'étais en sueur, j'avais la nausée et j'avais de la difficulté à respirer. J'ai dû arrêter le véhicule au bord de la route pendant quelques minutes pour me ressaisir. Je n'ai pas eu le choix car il fallait foncer. Vous savez, je dois dominer ma peur pour pouvoir continuer avec ma propre vie... Et puis, entre nous, j'éprouve beaucoup de respect et d'affection pour Mark, et pour le photographe et pour la personne. »

Nous arrivâmes devant l'hôpital Calmette sur le boulevard Monivong. Cet hôpital était un centre hospitalier universitaire, une initiative de la France afin de former une nouvelle génération de médecins et de personnel médical cambodgiens dont le pays avait tant besoin. La plupart des médecins cambodgiens avaient été assassinés lors de la tragique épopée des Khmers rouges. L'hôpital était bondé de visiteurs et de membres de la famille des personnes civiles blessées au cours des récents combats. Un jeune docteur cambodgien, quoique débordé, prit la peine de nous accueillir et salua Bunlong en khmer. Il nous amena dans une aile de l'hôpital.

« Monsieur Oliver a subi des blessures à la tête et à la jambe gauche, expliqua-t-il. Sa jambe est fracturée à trois endroits. Nous venons juste de l'opérer. Nous lui avons administré des calmants et il se repose maintenant. Nous allons faire d'autres radiographies dans les prochains jours. Vous ne pouvez pas le visiter maintenant, mais vous pouvez l'apercevoir par la fenêtre de sa chambre. Son état est stable pour le moment. »

Mark était étendu dans le lit avec de larges bandages autour de la tête et un masque d'oxygène au visage. Ses yeux étaient fermés et il était très pâle. On lui avait tiré un drap blanc jusqu'au cou. Sa jambe gauche, couverte de bandages, était surélevée. « Son état est stable pour le moment, » répéta le médecin. Les paroles du médecin me parvinrent dans un brouhaha lointain.

## 41

Une année lunaire venait de se terminer et une autre année commençait. C'était la première journée du Têt à Saigon. Mark Oliver faisait un immense effort depuis plusieurs mois pour se rétablir. Une respiration de plus pour amener de l'oxygène dans son corps amaigri. Une cuillerée de soupe de plus pour regagner de la force. Une ligne de lecture de plus pour faire fonctionner ses neurones. Un petit pas de plus pour reprendre le contrôle de sa jambe. Tant de fois, je l'avais entendu gémir de douleur et abandonner ses béquilles. Mais tant de fois aussi, je l'avais vu se remettre debout et refaire ses pas, le front buté et le torse en sueur. L'heure n'était pas au découragement, au contraire, il fallait persévérer. Chaque matin, il s'en allait cahin-caha sur sa terrasse s'occuper de ses orchidées. Il arrosait chaque fleur et leur parlait. Et les orchidées le lui rendaient bien en produisant de nouvelles hampes de fleurs rares. Et là, il était heureux et en paix avec lui-même.

C'était en aidant un soldat cambodgien à transporter un autre soldat qui venait de sauter sur une mine antipersonnel hors de tirs ennemis que Mark avait été lui-même touché à la jambe. « Saloperie de mine ! Cela ne s'arrêtera jamais ! » maugréa-t-il, en colère. D'habitude, il s'accrochait à son appareil photo et évitait de s'exposer au danger. Mais ce jour-là, il avait fallu porter secours au soldat et il l'avait fait. À la dernière seconde, sa voix intérieure l'avait averti du danger, mais il était trop tard. Il avait entendu une rafale de mitraillette, senti une lourdeur à sa jambe gauche et vu du sang ruisseler sur son pantalon. Il avait compris qu'il était touché, mais étrangement, il n'avait pas eu mal. Avant de perdre connaissance, il avait eu l'impression de s'élever en l'air en compagnie d'une colombe blanche. C'était comme si son âme avait survolé Siem Reap et contemplé le magnifique temple Banteay Srei avec, en bas, un corps d'homme en safari beige à pochettes. C'était son propre corps à lui. Puis plus rien. Le néant. Un instant qui avait semblé durer une éternité, son âme avait chuté du ciel à une vitesse vertigineuse et avait réintégré son corps blessé. La dernière vision de Mark avait été la colombe qui battait ses ailes comme pour lui dire adieu. Lorsque Mark avait ouvert les yeux, il avait vu Bunlong à côté de son lit de camp. Ce dernier l'avait informé que le soldat cambodgien qu'il avait aidé à transporter avait perdu une jambe, mais qu'il n'était pas en danger de mort.

« Je suis à jamais reconnaissant envers Bunlong ! dit Mark. Il m'a sans aucun doute tiré d'une mort certaine. J'avais perdu beaucoup de sang et j'ai été soigné par un infirmier cambodgien de l'armée. »

Vers midi, j'aidai Mark à s'installer dans un taxi. Il alla frapper à la porte d'un atelier de développement de photos dans le centre commercial Rex à Saigon où il faisait régulièrement développer ses rouleaux de photos. Par tradition, au Viêt-Nam, on croyait qu'un premier visiteur, en dehors de la parenté, qui se présentait à la maison la première journée du Têt, apportait une bonne ou une mauvaise influence pour l'année entière. Cela s'appliquait également au lieu de commerce. Alors, pour ne rien laisser au hasard, on invitait la personne qu'on désirait voir sonner à la porte de sa maison ou de son commerce pour s'assurer d'avoir la « bonne » personne. Mark avait reçu une demande spéciale de la propriétaire vietnamienne : il allait être le premier visiteur à son atelier de développement de photos.

« Penses-tu que dans l'état où je suis, je lui apporterai chance et prospérité pour l'année à venir ? demanda-t-il, perplexe.

– C'est la propriétaire de l'atelier de photos qui t'a choisi parce que ta nature est bonne. Tu es blessé, tu portes des béquilles, mais au fond, tu es la même personne avec tes forces et tes faiblesses. De plus, tu t'y connais en matière de développement de photos, c'est ton premier métier. C'est sûr, tu lui apporteras chance et prospérité ! »

Dans les rues crépitaient des pétards pour chasser au loin tous nos malheurs de la dernière année. La nouvelle année était arrivée et nous participions tous à sa renaissance.

## 42

Dans une pagode de Saigon, je contemplais un plat d'offrande au Bouddha contenant cinq fruits incluant un kaki rouge orangé. Kaki provient du mot japonais *kakino* qui signifie fruit de choix. L'arbre du kaki s'appelle plaqueminier. Le kaki fait son apparition au marché à l'automne. Il ressemble à une tomate arrondie au parfum délicat. La légende des sœurs *Tâm Cám* raconte qu'une jeune fille, *Tâm*, « Riz brisé », orpheline de mère, vivait avec sa belle-mère qui la maltraitait. Lors d'un bal au palais royal, le roi la remarqua et l'épousa. Un jour, la belle-mère demanda à *Tâm* de rendre visite à son père malade. *Tâm* grimpa sur l'aréquier pour cueillir une noix d'arec pour son père. Mais la belle-mère secoua l'arbre et fit tomber *Tâm* qui fut tuée sur le coup. La belle-mère amena sa propre fille *Cám*, « Son de riz », pour l'offrir au roi. Mais le roi refusa, chagriné par la mort de sa femme. *Tâm* eut plusieurs réincarnations. Un jour, une vieille dame passa sous un plaqueminier qui avait un seul fruit mûr et odorant. Comme elle était trop vieille pour grimper sur l'arbre, elle fit un vœu : « Ô fruit de plaqueminier… »

La vieille dame demanda au kaki de tomber dans sa sacoche et lui promit qu'elle ne le mangerait pas. Elle désirait le garder juste pour sentir son doux parfum. Le fruit, ému par le vœu, se laissa choir dans sa sacoche. La vieille dame l'emporta dans sa paillote et le déposa dans un plat sur l'autel des ancêtres. Peu de temps après, la belle *Tâm* sortit du kaki. Le roi la retrouva avec bonheur et la ramena dans son palais. Depuis, plusieurs d'entre nous avons fait ce vœu : « Ô fruit de plaqueminier... » Le dicton « le kaki qui tombe dans la sacoche de la vieille dame » veut dire le souhait d'être exaucé d'un tout petit vœu comme celui de la vieille dame.

Vivre est une aventure qui ne se devine pas. La passion est comme un merveilleux cadeau qui arrive rarement dans une vie. C'est un don du ciel, inattendu, inespéré et d'une infinie fragilité. C'est sans doute la chose la plus extraordinaire que la vie nous offre. On sent qu'on existe pleinement parce qu'on aime quelqu'un, même si on sait que, fatalement, tôt ou tard, il faudra peut-être payer le prix de cet amour.

Avant de retrouver Mark Oliver à Saigon, je savais déjà que le temps passé avec lui serait rempli de bonheur, mais aussi d'inquiétude. Ce ne serait pas une barque sur un lac tranquille, mais un bateau sur une mer de temps à autre agitée. J'avais mesuré ma capacité de supporter la souffrance et j'avais décidé que je pouvais l'endurer. On écrit des romans, des essais, des tas de mots pour tenter d'expliquer l'inexplicable. J'avais passé beaucoup de temps à me questionner sur ce que je n'avais pas fait et que j'aurais dû ou n'aurais pas dû faire. Ne pas oser saisir ce qui m'arrivait, renoncer à l'autre, ce serait renoncer à vivre.

Souriant comme un enfant ou immergé dans le silence, Mark était débordant de vie, de générosité et de chaleur. Hier encore à Saigon, avant son départ en reportage, il avait un visage très beau et un peu triste. Il s'était détourné pour cacher son regard d'orphelin. Hier encore, j'étais saisie par cet air buté d'enfant malheureux alors qu'il était si fort physiquement. J'étais bouleversée par ce chagrin. Il m'a dit alors d'une voix calme tout simplement :

« On se verra quand on se verra ? »

Je lui ai alors dit la phrase fétiche que les photographes de guerre avaient l'habitude de se dire avant de partir en reportage.

« *Good bye and good luck !* Au revoir et bonne chance !»

Seule, je pensais très fort à la mer de Chine méridionale au cap Saint-Jacques, avant-port de Saigon, comme à une personne que j'ai cherchée pendant toutes ces années. Et immanquablement, la mer me ramenait vers la tendresse de cet homme que j'aimais. « Oui, au revoir et bonne chance, mon amour ! Les plus belles paroles sont celles que je ne t'ai pas encore dites. Je t'aime plus que les mots ne peuvent exprimer. » Je ne voulais plus penser à ce qui adviendrait. Il n'y avait plus de frontière. Il n'y avait plus de passé, ni d'avenir. Il n'y avait que ce moment présent où je me laissais simplement vivre. Avec Mark Oliver, jamais je n'ai connu la couleur grise de l'ennui.

Moi aussi, j'avais un tout petit vœu :

« Ô fruit de plaqueminier… »

**L'HARMATTAN, ITALIA**
Via Degli Artisti 15 ; 10124 Torino

**L'HARMATTAN HONGRIE**
Könyvesbolt ; Kossuth L. u. 14-16
1053 Budapest

**L'HARMATTAN BURKINA FASO**
Rue 15.167 Route du Pô Patte d'oie
12 BP 226
Ouagadougou 12
(00226) 76 59 79 86

**ESPACE L'HARMATTAN KINSHASA**
Faculté des Sciences Sociales,
Politiques et Administratives
BP243, KIN XI ; Université de Kinshasa

**L'HARMATTAN GUINÉE**
Almamya Rue KA 028
En face du restaurant le cèdre
OKB agency BP 3470 Conakry
(00224) 60 20 85 08
harmattanguinee@yahoo.fr

**L'HARMATTAN CÔTE D'IVOIRE**
M. Etien N'dah Ahmon
Résidence Karl / cité des arts
Abidjan-Cocody 03 BP 1588 Abidjan 03
(00225) 05 77 87 31

**L'HARMATTAN MAURITANIE**
Espace El Kettab du livre francophone
N° 472 avenue Palais des Congrès
BP 316 Nouakchott
(00222) 63 25 980

**L'HARMATTAN CAMEROUN**
BP 11486
(00237) 458 67 00
(00237) 976 61 66

525030 - Mars 2013
Achevé d'imprimer par